「必ず守ると言っただろう？
ここで後顧の憂いは断つッ！」

繰り出した火蜥蜴の尾（サラマンダーテイル）は、
膨大に膨れ上がる青い炎の刃と化していた。
最早刃と
火柱が横

剣聖女アデルのやり直し 1

―過去に戻った最強剣聖、姫を救うために聖女となる―

Author―ハヤケン　Illustration―うなぽっぽ

メルル・セディス
――ユーフィニア姫に仕える騎士の少女
ユーフィニア
――アデルが忠誠を捧げる思慮深い姫君
アデル・アスタール(♂)
――大戦の勝利に貢献した盲目の剣聖
ユーフィニアを救うべく過去へと戻る

マッシュ・オーグスト
――人体実験により獅子の頭になった奴隷の青年
アデル・アスタール(♀)
――過去に戻った結果、美少女化したアデル
女性にしか発現しない聖女の力に覚醒する
エルシエル
――七人しかいない
大聖女の一人で戦の大聖女

「あははっ。おもしろいなあ、
アデルって」
「な、何をしている……!?
年頃の娘がはしたないぞ……?」
悪戯っぽい笑みを浮かべながら、
こちらの腕にぎゅっと抱き着いてくる。
割と豊かな胸の感触が、
肌と肌で直接伝わって来る。
とても、柔らかく――吸いつくような
心地よさを感じる。

剣聖女アデルのやり直し 1

～過去に戻った最強剣聖、
姫を救うために聖女となる～

ハヤケン

HJ文庫
1072

口絵・本文イラスト　うなぽっぽ

KenSeijyo Adele no
Yari Naoshi

1

CONTENTS

第1章◆剣聖女アデルの誕生

「此度の大戦の勝利は、全てそなたの活躍によるもの。流石は剣聖アデル、よくやってくれたな」

「は……お褒めに与り、光栄に御座います」

王の前に跪く騎士は、無感動な声で応じる。

その出で立ちはこれから祝宴だというのに、顔まで覆い隠す黒い鎧兜だった。

祝いの場に全く相応しくない物々しさだが、自分の場合はむしろこの方がいいとアデルは思っている。

兜を取ればその中の両目は完全に潰れており、その異相故に見る者を怯えさせてしまうから。むしろその方が祝いの場には相応しくないだろう。

それにこの兜の目部分の紫水晶に付与された『暗視』の術法の効果は、光を失ったアデルの目にも、朧げな人影を映し出してくれる便利なものだ。

「先王の敵たる悪しき聖女エルシエルをはじめ、狂皇トリスタンや北国同盟の名だたる将を討ち取った御活躍、まさに最強の勇者の名に相応しい！」

「アデル殿の功績と勇名は、我が国のみならず、後の世界の歴史に残ることでしょう！　大乱を鎮めて民を安んじた聖なる黒騎士と！」

その場に居合わせる重臣達も、一様にアデルに賞賛の眼差しと言葉を向ける。

盛大な拍手がアデルの身を包み、暫く鳴り止むことが無かった。

「皆の申す通りだ。これからは荒れ果てた我がウェンディールの国を立て直していく新たな戦いが始まる。これまでの戦いとは多少毛色は違うやも知れぬが、変わらず力を貸してくれ。頼むぞ、アデル！」

若き王は力と期待を込めてアデルを見る。

「御意に……微力を尽くしましょう」

本当はそのような気は微塵もないのだが、それを言ってこの場をぶち壊しにするほど分別が無いわけでもない。アデルは無難に応じておいた。

この先に何があるというでもなく、全てはどうでもよい事だった。

「ではとてもアデルの功績に見合うような盛大な宴とはいかぬが、我が国の新しい門出だ。皆、今宵は楽しんでくれ！」

王の音頭で宴が始まった。

その言葉通り、大戦で荒廃した現在のウェンディールの王宮では盛大な宴は用意できず、ささやかなものではあったが、人々の表情は明るかった。

正確にはアデルの目にそれが見えるわけではないが、そのような雰囲気を感じ取る事は出来た。

世界を二分した大戦が終結し、皆が未来への希望を見ているからこそだろう。

自分はそのような気にはなれない。アデルは夜風に当たると言って宴席を早々に中座し、まだ半壊したままのバルコニーに出た。

今現在も無念と後悔しか感じられない自分は、この場に相応しくないように思えた。

「ユーフィニア姫様……」

亡き主の名が自然と口に出る。

それは、このウェンディール王国の姫君だった女性の名だ。

神聖なる召喚術を操る聖女でもあり、アデルはその護衛騎士として仕えていた。

光を失った剣闘奴隷だった自分の命を救い、側に置いてくれた大恩人であり、唯一絶対の忠誠を誓った主だ。

剣聖、黒騎士、最強の勇者。アデルへの呼び方は色々とあるようだが、自分にとってはそれらはどうでもいい。

ただ、ユーフィニア姫の護衛騎士と呼ばれる事だけがアデルの望みであり、誉れだった。

だがそう呼ばれる事は、もう二度と無い――

アデルの中には今でも、ユーフィニア姫の温かさが鮮烈に残っている。

それを忘れることが出来ない。忘れるつもりもない。


それは、今から五年以上も前――

剣闘奴隷としてある場所に囚われ、術法的な人体改造を施されたアデルは、その性能実験と称する闘いの日々を強要されていた。

完全に潰れた両目や、全身に残る傷跡は全て剣闘奴隷時代のものだ。

何も見えない闇の世界で、死にたくはないと、目の前の敵に必死に抗うだけの日々。

ただ何故死にたくないのか、それすらも分からなかった。

単に生き物としての本能。それに身を任せるだけの日々だった。

そんなある日、アデルの前にユーフィニア姫が現れた。

彼女はその日の戦いを終えたアデルが囚われている牢獄にまでやって来たのだ。

それはもう、異質だった。

血と汗と糞尿の臭いに塗れた牢獄に、花のような柔らかな香りを身に纏うユーフィニア姫が、いきなり踏み込んできたのだ。
姫の香りが清純過ぎて、逆にとてつもない違和感を覚えたものだ。
「大丈夫ですか……!?」
鈴の音を転がすような、澄んだ少女の声。
その響きから十代中頃、十四、五歳だろうか。
「……何だ……？」
微かにそれだけを言うアデルに、その違和感はどんどん近づいて来る。
「ああ大変……！　でももう大丈夫。大丈夫ですから……安心して下さい」
頬を撫でる滑らかで温かい何か。それは恐らく人の指先のように感じた。
人から優しく頬を撫でられるなど、光を失って以来あっただろうか。
いやもっと前、剣闘奴隷として囚われて以来。
いやよく思い返せば更に前、物心ついて以来。
あっただろうか――無かったように思う。それがアデルの人生だった。
その違和感は更に、何の躊躇いも無くアデルを柔らかく包み込んだ。
抱きしめられている、と気が付くまで時間がかかった。
そんな経験は無かったから。

何かがぽたぽたと落ちてきたような気もしたが、今にして思うとあれはユーフィニア姫の涙だろう。

何の縁も所縁もないはずのアデルに対して、それ程の気持ちを寄せ、実際に動いてくれたのだ。

「わたくしと一緒に参りましょう。ここを出るんです……！」

「止めておけ、そんな事をしてはただでは済まない。殺されずにここまで入り込めたのが信じられない程だ」

「大丈夫……入り込めたのですから、出られるとは思えませんか？」

「……そう言えば、どうしてここまで入って来られた……？」

「そうですね。話せば長くなるのですが――」

「一言にしてくれ。次の戦いの前に少しでも体を休めたい」

「一言ですか……？　単純に権力、でしょうか？」

「権力だと……？」

アデルが訝しんでいると、別の声と足音が複数、牢獄に踏み込んで来た。

「ユーフィニア姫様……！　お止め下さい……！」

「ウェンディール王国の姫君ともあろうお方が、このような場所に立ち入られるなど！」

「こんな下賤な場所、御身が穢れてしまいます！　さ、すぐに戻りましょう！」

そんな声に、ユーフィニア姫は凛と反論をする。

「何が穢れるというのです？　穢れるとすれば、この有様を見て見ぬふりをして立ち去った時にこそ、わたくしの心が穢れるのでしょう」

「「「……」」」

「この方の身柄は、わたくしが預からせて頂きます。もしそれを許さないと仰られるのであれば、金輪際聖女として聖塔教団に協力する事は致しません。ウェンディール王国と教団との関係についても、考えさせて頂きます」

大人しそうな雰囲気だったが、今は人の上に立つ者の威厳をはっきりと感じさせる。

まだ年若いのに、堂々としたものだ。

その姫の態度に、反論をする者はいなかった。

「さあ参りましょう？　これからはわたくしがあなたの事を守りますから……どうか安心して下さい」

ユーフィニア姫の手が、アデルの手をぎゅっと握る。

その手は温かく、柔らかい。

が、少し震えていた。

気丈に振舞ってはいるが、内心は恐ろしかったのだろう。

相手はアデルのような悲惨な有様を生み出して、平然としているような連中である。

この大人しそうな声の主が、周囲の大人達に抗って意志を貫こうと必死なのだ。

それが伝わってきたからには——無下にする事は出来なかった。

「ただ飼われるだけなのは性に合わない。そちらも俺の腕を使ってくれ。目は見えんが……腕には覚えがある」

「……ありがとうございます！　ではお互い様ですね？」

少しユーフィニア姫の手の震えも、収まったような感じがした。

それからのアデルの人生は、輝いていた。

生きがいというものを得た。

心から納得して仕えられる主がいるという事は、幸せと言う他ないだろう。

光は失われ、体中に傷跡は残っていたが、それでも平気だった。

姫を守る力を与えてくれたあの奴隷の日々に、感謝をしてしまう程だった。

今でもはっきりと、ユーフィニア姫とはじめて会った時の事は思い出す事が出来る。

だが、思い出せるだけだ。

「私には、このような事しか出来ませんでした。どうかお赦しを……」

見えない星に向かって、そう呼び掛ける。

世界を北国同盟と南邦連盟に二分した大戦の最中、ユーフィニア姫は北国同盟の勢力の手にかかって亡くなった。

故にアデルは、南邦連盟に味方し北国同盟を滅ぼす中核の力となった。

だがユーフィニアは、どうにかして両者の和解を計ろうとする和平派だった。

このような結末に、天国の彼女は決していい顔をしないだろう。

だが止められなかった。ユーフィニアを失った怒りと悲しみが、激しくアデルを突き動かしたのだ。そこに人々のためだとか、平和のためだとかいう概念は一切無い。

ただ憎しみのままに憎い相手を叩き潰し続けただけだ。正直それを褒められても困る。

そして全てが終わった今は、無念と後悔が残るだけだった。

「後悔をしているの？」

唐突に、背後から声をかけられた。

内心驚きながら、アデルは振り返る。全く気配を感じなかったのだ。

何の前触れもなく突然現れたような――

風の術法による転移や、あるいは気配を遮断するような闇の術法であれば、音はせずとも術法を構成する神滓(アニマ)が揺(ゆ)らぐはず。

それすら感じさせないという事は、そこまでの技量を持つ術者だという事だろう。

「ああ。唯一の主を守れなかった無力を恥(は)じ入るばかりだ」

只者(ただもの)ではない。が、敵意も感じない。それに、こちらの胸の内を見透(みす)かしているかのようだ。アデルは問いかけに正直に応じた。

朧げに感じる人影は小さく、声の響きは少年のようでもあるが、性別は分からない。

きっとその通りの存在ではないだろう。

「だけど、貴方(あなた)の行いは立派なものだったよ。だからこそ、僕(ぼく)はここにいる」

「どういう事だ？」

「……『見守る者達』の意志として、貴方の行為(こうい)に報(むく)いたい。何か願う事は無い？」

「『見守る者達』？　ではもしや、君は人でなく神獣(しんじゅう)……!?」

「それは問題ではないよ。問題は貴方が何を願い、そしてこちらがそれを叶(かな)える事が出来るか……僕は神ではないから、万能(ばんのう)じゃないんだ。こうしていられる時間にも限りがある。さあ、貴方の望みを教えて」

「…………」

そんなもの、一つしかない。決まっている。

「お亡くなりになったユーフィニア姫に、再びお目にかかりたい。今度こそ護衛騎士として、あの方を守り抜きたいのだ」

「それは、ユーフィニア姫を生き返らせて欲しいという事？」

「可能であれば」

「ごめんね。それは無理だ。亡くなった人間を甦らせることは出来ない。神と違って、万能ではないから」

「そうか……」

ならば、願いなど何もない。帰って貰う事にしよう。

「けれど、貴方を再び姫に会わせる事は出来る」

「……？　どういう事だ？」

「姫が甦るのではなく、貴方を生きている姫の元に送る。時の壁を越えて、ね」

「何だと……⁉　そんな事が可能なのか⁉」

「可能だよ。ただし、その先は貴方次第だ。貴方が何もしなければ、また同じことが繰り返されるだろう。人の運命とは強制力を持つから、前とは違う出来事で、結局同じ運命に辿り着きやすい……貴方は二度、今と同じ思いをするかも知れない。それでも、時を遡ってみたいと思う？」

「無論ッ……！　今度こそ護衛騎士として、ユーフィニア姫様をお守りしよう！　本当にそんな事が出来るのならば、一刻も早く私に時を遡らせてくれ！　頼む、この通りだ！」

アデルは大きな体を折り曲げ、深々と頭を下げた。

「分かった。僕も貴方がその思いを遂げられるように、できるだけ力を貸すよ」

その声が遥か遠くから響き渡るように聞こえ、光の無い視界も急激に揺らぎ始める。

「！」

とてつもない密度の神滓が、渦を巻きアデルの身を包み込んでいった。

「じゃあ、いってらっしゃい。そして、さよう……な……」

最後の言葉は遠くに掠れて、もう聞こえなかった――

ピチャン。ピチャン――

水が滴り落ちる音がする。

「う――うう……」

ジメジメとした、カビ臭い臭いがする。
それに、人の体臭を煮詰めたような異臭も。
顔をしかめたくなるような空気だが、アデルにとっては懐かしい臭いでもあった。
確実に、自分の中の記憶に深く刻まれた場所だ。
目を開くと記憶の中にある通りの、青黒い石を敷き詰めた床が見えた。
「っ！　なんだと……!?」
思わず声が出る。
勢いよく起き上がって周囲を見渡すと、正面が鉄格子になった石牢の中だった。
「ま、間違いない、私の目が見える……！」
とうに失ったはずのアデルの視力が、何事も無かったかのように戻っている。
あの少年は、アデルに時を遡らせると言った。
であれば、光を失う前に戻ったという事なのだろう。
動かぬ証拠を突き付けられては、本当に時を遡ったのだと信じる他はない。
「なるほど、今この時間であればユーフィニア姫様は御存命のはずだ……」
ここはナヴァラの移動式コロシアムという場所だ。
沢山の剣闘奴隷が収容されており、無理やり戦わされている。

アデルもその奴隷のうちの一人だった。

奴隷暮らしの中で目の光を失い、それでも戦わされ続けていた。

そんな折にここを訪れたユーフィニア姫はアデルの境遇を見て深く哀れみ、強引にウェンディール王宮に連れ帰ったのである。

それから、アデルはユーフィニア姫の護衛騎士となったのだ。

つまり、今はアデルとユーフィニアが出会う前。そして、目の光を失う前。

ここに連れて来られて、比較的間もない頃だろう。

あの頃はただの非力な少年に過ぎなかったアデルだが、今は違う。

剣聖と呼ばれるまでに鍛え上げた力が、自分の中に生きているのは感じられる。

「ならばやる事は一つ！　こうしてはいられんぞ……！」

息巻くアデルに向け、遠くから声がかかった。

「おいねーちゃん！　さっきからうるせえんだよ！　新入りなら新入りらしく大人しくしてろってんだよ！」

自分の事だとは思わないので、当然アデルは無反応だった。

「さて、どうしてくれようか。こんなおぞましい施設は叩き潰してしまうべきだが、現在位置が気にかかるところだな……」

「おいねーちゃん！　無視すんなっての！　聞こえてんだろ、オイ！」

「あまりにウェンディールに遠い位置では、その後の移動が厄介だ……」

このナヴァラの移動式コロシアムは、その名の通り取り付けられた多脚により自走をする事が可能で、各国を転々としている。

現在位置が遠いなら、このまま大人しく運んで貰い、ウェンディール王国領に近づいた時を見計らって行動を起こすというのも一つの手だろう。

「てめえナメてんのか！　すげー可愛いけどちょっと性格悪いんじゃねーか、オイ!?」

いきり立つその声を他の声が囃し立てる。

「きっとお前が不細工で、くっせえから口も利きたくないんだよ。そりゃ正常だ」

「「ははははっ！　違いねえッ！」」

通路を挟んで対面の牢が笑いに包まれる。

「な、何だよ！　俺はあのねーちゃんがうるさいから注意をだなぁ……！」

「……すまないが、少し静かにして貰えないか？　考え事をしている」

何を盛り上がっているのかは知らないが、アデルは静かにしてくれるように頼んだ。

「いやお前のせいだろうが、ねーちゃん！　お前が無視するから……！」

「うん？　誰に向かって言っている？」

「お前だよお前！　お前以外に誰がいる」

「可笑しな事を。どう見たら私が女に見える？」

「いやいやいや！　逆にどう見たら女に見えねえんだよ⁉　胸も尻もそんな立派なモン持っといてよ！」

その男の発言には、先程揚げ足を取っていた男達も頷いていた。

「可笑しな事言う娘だなあ」

「だがこんな上玉、娑婆でも滅多にお目にかからねえぜ」

「ああ、匂いが違うぜ、匂いが。正直、たまんねえなぁ……」

「それも今うちだけだぜ。こんな地獄に暫くいりゃあ、すぐに薄汚れて俺達と同じ臭いにならぁな」

「「「そりゃそうだな！　ハハハハッ！」」」

再び盛り上がる男達。

意味は分からないが、何となく不快になりつつ胸の前に両腕を組むと――

「？」

違和感を感じる。何か柔らかいものが触れた感触があった。

そこで初めて、自分の胸元に意識を向ける。

――ぷっくりと見事に盛り上がった、二つの丘がそこにあった。

「なにィ⁉」

思わず声を上げてしまい、そしてもう一つ気が付いた。

自分の口から出る声が高い。これは、今までの自分の声ではない。

「お、女だと……⁉　そんな馬鹿な⁉」

全く意味が分からない。驚愕で声が震えてきた。

「何が馬鹿か知らんが、どっからどう見てもそうだぜ！　そこの水にでも顔を映してみりゃいいだろ？」

石牢の隅には、飲み水をためておく大きな水瓶があった。

アデルは弾かれたようにそちらに走り、水面を覗き込み――

はたしてそこに映し出されていたのは、非の打ち所がない程に美しい少女だった。

年齢的には十五、六歳くらいと言った所か。

つぶらな瞳は宝石のように透き通り、柔肌は白磁のようになめらか。

長い髪は淡く桜色がかったような、不思議な艶を放っている。

元々アデルは赤髪だった。その色が薄くなったような感じだ。

もう少し身を乗り出すと、豊満な胸元も映し出され、とても扇情的でもある。

間違いなく女性だ。それもとびきり美しく、魅力的な。

「ど、どうしてこうなる……⁉　これに何の意味が⁉」

時間を遡るなどというあり得ない事が起きたのだから、体の性別が変わるくらいは何でもないのかも知れないが。

あるいは時を遡った副作用、と言う事も考えられるが。

それにしてもいきなりの事で、すぐには受け入れ難い事実である。

「お、おいねーちゃん。顔色悪いぞ？　大丈夫かよ」

最初に声をかけてきた男がそう言った。

衝撃を受けるこちらの様子に、心配したようだ。案外悪い人間ではないかも知れない。

「いや……どうやら非礼を詫びるのはこちらだったようだ。失礼した」

「あ、ああ……まあ元気出せよ。あんた可愛くて色っぽいから、それで損するこたぁねえさ」

「……そうか、女の武器でも何でも使って、姫をお助けしろという事かも知れんな」

確かに、男性の身ではできないことが、女性の身ならばできるかも知れない。

それがユーフィニア姫のためになるのならば。

この状況を飲み込むには、そう考える他はないだろう。

アデルは気を取り直して、男達に尋ねる事にする。

「済まないが、一つ尋ねたい。いいだろうか？」

「ん？　何だい？」

「「俺達で良ければ、何でも答えるぜ！」」

他の男達もアデルの問いに喰いついてきた。

「な、何だよお前ら！　急に割り込むんじゃねえよ！」

「うるせー！」

「俺らにも話させろ！」

「お前ばっかりズルいんだよ！」

子供染みた口論を始める男達。

アデルが昔のままのアデルならば、こうはならなかっただろう。

別に狙ってはいないが、早速女の武器の力が発揮された。

そう考えなければ、やっていられない。

「誰に応えて貰っても構わない。このナヴァラの移動式コロシアムが、今どのあたりにいるか知りたいのだが……？」

「すまん、分からねえ。最近牢から出されてねえからな」

最初にアデルに声をかけてきた男は、そう応じる。

よく見ると、顔の半分を覆うほど大きな眼帯を着けており、それが印象的だ。

「俺も分からねえな。おい、お前は？」

「いや、オレも……」

「客入りの試合にでも駆り出されりゃあ、ちょっとは何か分かったかも知れねえが……こしばらくご無沙汰だからな」

「けどさ、どうせどこ行っても客は人が死ぬのを見て楽しむ腐れ外道共だぜ？　腐れ外道の顔は万国共通だろ？」

「「ちげえねえや、ハハハハッ！」」

囚われの身の剣闘奴隷達は、お互いの関係だけは悪くないようだった。

これは、過去のアデルの体験からもそうだったように思う。

見覚えのあるような顔もいれば、全く見覚えのない顔も多いが――

アデルがユーフィニア姫に救われてここを出る事になったのは、何年も後の事。

今のアデルの外見年齢から察するに、おそらく現在は、ナヴァラの移動式コロシアムに囚われたばかりの頃の時間軸だろう。

とすれば、今から五年の後に当時十五歳だったユーフィニア姫の手により、ここに囚われていた奴隷達は救い出されるはずだ。

その頃まで生き残っていた者は、この中に殆ど いなかっただろう。

試合やあるいは実験と言って強要される戦いや、非人道的な術法を用いた人体改造で、毎日多くの奴隷達が非業の死を遂げている。

それがこのナヴァラの移動式コロシアムだ。

「そうか、邪魔をしたな」

アデルは石壁を背に座り込む。

そういう事であれば、動き出すのは少々状況を見てからの方がいいだろう。

早くユーフィニア姫の元に馳せ参じたいのは山々だが、急がば回れだ。

「ああでもよ、今何人か実験だつって連れていかれた所だ。戻ってくりゃ何か聞けるかも知れねえぞ」

「……生きて戻ってくればな」

「アニキなら心配いらねえよ！　きっと帰ってくらぁ！」

剣闘奴隷達にアニキと慕われる存在。アデルはその人物に心当たりがあった。

確かに今の時間であれば、まだ――

「……！　すまない。そのアニキというのは、もしかして……」

ギギギギギギィ――

石牢のある通路の奥から、重い扉が軋んで開く音がする。

そして近づいてくる足音が二つ。

「ケケケ。とっとと歩けよコラ。くたばり損ないをわざわざ手間掛けて運んでやってんだからなぁ」

「ああ。お前と話してるより、臭い牢屋の中の方がまだいいからな」

そんな会話も聞こえる。

見上げる程の背丈をした丸々太った巨漢が、一人の剣闘奴隷を連れ歩いて来ていた。

アデルにとっては、どちらも見知った人物だった。

巨漢の男は看守ラダン。聞こえてきた会話の通り、決して褒められた人格ではない。

実験や試合だけでなく、このラダンの退屈凌ぎのために命を落とした者も、アデルの知る限り一人や二人ではない。そんな男だ。

「おいおいおい？　そんなつれない事言われちゃあ、手が滑って大事な実験台を焼き殺しちゃいそうなんですけどねえ？」

ラダンは、両端に三叉の飾りがある不思議な形状の鉄筒を携えていた。

そして鉄筒の両端から赤い輝きが鞭のように伸び、前を歩く人物の体に巻き付いて動きを封じている。

これは術法の力を秘めた道具、術具だ。

その輝きが一瞬激しくなって炎上し、拘束されている人物の身を包んだ。

「ぐうぅ……ッ⁉」

「「アニキッ⁉」」

思わず膝をついた男に、牢の中の男達が心配そうに声を上げる。

同時に男の身を包んだ炎が止み、元に戻った。

「オラさっさと立てよ。次調子に乗りやがったらマジで燃やすからなぁ？　ケケケ――」

「ちっ……！」

看守ラダンを睨みつけるその顔は、人間のものではなかった。

獣の、獅子の顔だった。

元は普通の人間、それも騎士の家の出だったが――

このナヴァラの移動式コロシアムで行われる人体実験まがいの強化術法により、魔獣の顔に変えられてしまったのだと、かつて本人から聞いた事がある。

「アニキ、大丈夫か!?」

「他の奴等はどうなったんだ……!?」

「……俺以外は皆やられた……くそッ……！」

立ち上がりながら忌々し気に舌打ちする男の名をアデルは呼んだ。

「マッシュ！」

まだ光を失う前の記憶にある彼の姿、そのものだった。

そんな場合ではないかも知れないが、懐かしさに喜びが込み上げてくる。

彼には、随分と世話になったのだ。

ここに囚われて間もない頃のアデルに、生き残るためにと戦いの手解きをしてくれた。

ユーフィニア姫に救い出されるまでアデルがここで生き残っていられたのは、このマッシュのおかげだった。言わば師匠のような存在だ。

惜しむらくはユーフィニア姫が現れた時、既にマッシュは帰らぬ人になっていた事だ。

「……ん？　お嬢さん、何で俺の名を？　面識はないと思うんだが……？」

「あ、ああ。それは……」

誤魔化すための方便を考える間に、ラダンが割り込んでくる。

「おぉ新入りかぁ？　ほほーこれはこれは……！　おいバケモノ顔！　てめーはさっさと牢に戻るんだよ！」

マッシュの背を蹴り飛ばし、牢屋の中に叩き込んでしまう。

そうしておいてから、アデルが一人で入っている牢の入り口を開ける。

「へっへっへ……」

ニヤニヤと笑みを見せながら中に踏み込み、鍵を閉めてしまう。

「ある意味、便利なものだな」

自分の身を自分で眺めつつ、アデルはそんな感想を漏らす。

豊満で瑞々しい、女性の肢体だ。

アデルが男のままだったら、わざわざ牢の中にまで近寄っては来ないだろう。

女性の体になった事に納得は出来ていないが、この点は好都合だ。

「そうだなぁ。そのムチムチした体で、男を誑かすことが出来るからなあ？　まんまと誑かされてやるぜぇ？　へへへ」

ラダンはアデルの全身を嘗め回すように見ながら、じりじりとにじり寄って来る。

これが生粋の女性ならば生理的嫌悪感を覚えたり、背筋が寒くなったりするのかも知れないが——感性が男性である自分としては、それよりも相手を上手く罠に嵌めているような感覚になる。

「おい止せ！　その娘は何もしてないだろう！」

マッシュはアデルの身を案じたか声を上げている。

「そうだ止めろてめぇ！　羨ましいだろうが……！」

「そうだそうだ！　一人だけずりぃんだよ！」

「ふざけた事を言ってるんじゃない！」

「あだっ⁉　す、すいませんアニキ……！」

ずるいと口走った奴隷達が、マッシュに拳骨を落とされていた。

「心配は無用だ、マッシュ。そこで見ていてくれ」

アデルはマッシュに声をかけてそちらを制した。

「し、しかし……！」

「ま、地獄の沙汰も金次第。金がねえなら体で払う。ただしイイ女に限る……ってな。お前は合格だよ、グヘヘへ……まあ俺は悪いようにはしねえよ？　お前も今のうちに楽しんどいたほうがいいぜぇ？　何せナヴァラ枢機卿様の実験にかかりゃあ、お前もバケモノ顔にされちまうかも知れねえからなあ？　そうなっちまったら台無しだぜ」

「私はそうはならないはずだがな……」

　ここにいる剣闘奴隷達は皆、このコロシアムを運営する聖塔教団のナヴァラ枢機卿の手によって何らかの術法的な人体改造を施される。

　強制される戦いは、その性能実験という性質が強い。

　以前のアデルに施された改造は、人間の持つ自然治癒力を数倍に引き上げる事だった。

　それは成功し、成功したが故に目を潰しても再生するかを実験され、そして光を失う事になってしまったのだ。

「そう願ってるぜぇ、出来れば長く楽しみたいからな。なあ、ええと何ちゃんだ？」

「アデル。アデル・アスタール」

「そうかそうか、アデルちゃんね。へへへ……」

　と、アデルに触れようと手を伸ばしてくる。

　その手をアデルは掴んで止めた。

「待て。私にとってお前が合格かはまだ示してもらっていないぞ？　こちらの知りたい事に答えて貰おうか」

「前金を貰おうってかあ？　まあいいぜ、言ってみなよ。聞いてやらぁ」

「……今コロシアムはどのあたりにいる？　どこへ向かう予定だ？」

「トーラスト帝国の未開領域を目指してる所だぜぇ。今はちょうどウェンディール王国領に差し掛かったあたりだな」

トーラスト帝国は『四大国』と呼ばれる国々の中で、北西に位置する大国である。

時を遡る前の世界では、北国同盟のうちのひとつ。つまり敵側だった国だ。

ユーフィニア姫が生まれたウェンディール王国は、四大国には含まれず、それぞれの丁度中央部に位置する小国で、『中の国』とも呼ばれている。

ただし、聖塔教団の総本山でもある直轄都市アルダーフォートを領内に抱えており、その威光において四方を囲む『四大国』の侵略から守られているという立場だ。

「そうか、ウェンディール領内か……！　これは都合がいい、助かったぞ。礼を言おう」

「そうかい？　じゃあ早速こっちも楽しませて貰うとするかなぁ……」

「断る。お前の相手をしている時間は無い」

「お？　食い逃げする気かぁ？　そいつは頂けねえなぁ」

ラダンは何故か嬉しそうに顔を歪める。

「だが、あんまり素直過ぎるのもつまらねえからなぁ？　可愛いけどツンとしてるお前みたいなのが、一番鼻っ柱の折りがいがあるってもんだ。へへへ……！　おらよっ！　抵抗してみなぁ！」

ラダンはアデルが掴んでいる手に力を込めて、そのまま押し倒そうとする。

「くっ……！　おいお前達も力を貸せ……！　この牢を壊す！」

見かねたマッシュが牢の鉄格子に手をかけて揺さぶり始める。

鉄格子はガタガタと音を立てるが、そう簡単には破れない。

獣顔を持つマッシュは常人離れした身体能力を持っているが、この牢はそういった者達を閉じ込める前提で設計されているからだ。

「あ、アニキ！　そんな事を言っても、ビクともしませんぜ！」

「あんま騒ぐと、またさっきみたいに！」

「しかし！」

「大丈夫だ。問題ない」

アデルはマッシュに向け、にやりと笑みを見せる。

「見ろ、こいつは動けていないだろう？」

「ぐ……ぐぐぐ……っ⁉　ふんぐぅうぅぅぅッ！」

顔を紅潮させ力を込めるラダンだが、腕を掴むアデルの小さな白い手を、全く動かすことが出来なかった。

「な、何が起きてるんだ……⁉」

信じられない気持ちで、マッシュはその光景を凝視する。

これが高等な術法やそれに相当する術具の効果であれば、ありえなくもない。

が、それならば神滓の動きを感知できるはず。マッシュもその感性はある。

術法を扱える者なら神滓の流れは読める。

しかしアデルには神滓を全く感じない。

感じないのに、倍程も身長のあるラダンの腕を、微動だにせず抑え込んでいる。

しかもラダンの腕を掴む手は、うっすらと黄金色の輝きに包まれているように見える。

その輝きが影響しているのかも知れないが、それが何かは全く理解不能だった。

「悪いが、構っているヒマはない……！」

アデルは少し身を沈め、体を捻り――

今度は右脚に覗く白い柔肌が、黄金色の輝きに包まれるのが見える。

アデルは右脚でラダンの胴に蹴りを一閃していた。

ドガアアアァァンッ！

「ぐぎゃあああぁぁぁぁっ!?」

ラダンは鉄の胸当てを身に着けていたがそれを脚の形に陥没させ、更にラダンの巨体を弾き飛ばして牢の石壁に叩きつけた。

「「「おおおおぉぉぉぉぉっ⁉」」」

奴隷達が声を上げたのは、見事なアデルの蹴りに驚愕したからなのか、それとも高く蹴り脚を振り上げたせいで、下着がちらりと見えてしまったからなのか——

分からないが、マッシュとしてはそんな事を気にしてしまった自分の邪さを恥じたい気分だった。

「どうだ？　問題なかっただろう？」

アデルが向けてくる笑みに、罪悪感からか思わずどきりとしてしまった。

ラダンを蹴り倒したアデルは、マッシュに向けて呼びかける。

「よし、時間はない。早速行動に移らねば……！　マッシュ！　協力してくれ、一緒に行こう……！」

「あ、ああ。アデルさん……」

「さんなど不要だ。私とお前の仲だろう？」

「アデルちゃん……？」

「そ、その方が気色が悪いぞ、普通にアデルと呼んでくれ」

「わ、分かった、アデル。だが、申し訳ないが俺は君とは面識が無いと思うんだが……？　何か無礼があったら済まない」

「ああ、いやこちらこそ済まない。少し事情があってな。私はお前の事は少々知っているんだ。お前に覚えが無いのは仕方のない事だ」

アデルは昏倒するラダンが腰に付けた鍵束を奪い取りながら応じる。

「そ、そうか……それより君は何をするつもりなんだ？　それにラダンの奴を蹴り飛ばした今の力は？　神滓を全く感じなかったんだが……？」

「ここから脱出する。このコロシアムがウェンディール王国領から出てしまう前にな」

言いながら、自分の牢の鍵を開けて通路に出る。

「脱獄か……⁉」

「そうだ。ウェンディール王国領にお会いしたい方がいる。それから、先程私が使っていたのは『気』の術法だ」

「『気』の術法だって……⁉　実在するって言うのか⁉」

術法や術具の力には、『火』や『水』や『土』や『風』といった属性の概念がある。

その中の一つに『気』の術法というものがある。

現在において使い手は皆無。神獣の力に依らず、己自身の力で奇跡を起こすとの伝承がある以外は、その詳細も技術も謎とされている伝説的な存在だ。

「俄かには信じられないかも知れないが、その通りだ。今のは自分自身の『気』を蹴り脚に集中させ、瞬間的に威力を引き上げた結果だ」

『錬気収束法』とアデルは呼んでいるが。

『気』の術法の基本であり、最も重要な技術でもある。

「……俺には、何の神滓の動きも感じられなかった。普通じゃないことは確かだ」

「『気』は自らの生命力だ。神獣の生み出す神滓を必要とはしない」

言い換えると、神獣の『気』こそが神滓だと言えるし、人間自身に秘められた神滓が『気』だとも言えるかも知れない。

ともあれマッシュの言う『普通』では、人は神滓は認識できるが『気』は認識できず、また操る事も出来ないのである。

「……信じるよ。君が遥かに体格が上のラダンを仕留めて見せたのは事実だからな」

「それはどうかなあぁぁぁっ！」

そうマッシュに応じたのは、アデルではなかった。

崩れ落ちていたラダンが俄かに立ち上がり、円筒型の術具をアデルに向けていた。

「――――！」

三叉の飾りの両端から伸びた紅い輝きの鞭が、アデルの身に巻き付いて拘束する。

先程ラダンに連行されていたマッシュと同じような格好だ。

「アデルっ⁉」

マッシュが声を上げるが、アデルは極めて冷静な目をしてラダンを振り返る。

「……無駄に頑丈だな」

「てめえよくもッ！　ちょっと可愛いと思って優しくしてやりゃあ付け上がりやがって……！　焼き殺してやるぞおぉぉ！」

「止めておけ。後悔するぞ？　今すぐ術具を置いて、私達を外に案内するがいい。そうすれば命だけは見逃してやろう」

「生意気言ってんじゃねえ！　てめえこそ後悔しやがれ！　死ねえぇぇぇっ！」

ボオオォォッ！

ラダンの意思に反応した術具が真っ赤な炎を生み、拘束したアデルの身を炎上させる。

「ギャハハハハ！　イイ女をぶっ殺すのもこれはこれで悪かぁ……！」

だがそのラダンの哄笑は途中で止まる。

炎が見る見る萎んで消え去ってしまったからだ。アデルの身には傷一つ無い。

「あぁん？　な、何だ炎が消えちまって……!?」

それだけではなく、アデルの身に絡みついていた紅い鞭の部分がするすると解けていき、本体の握りの部分も何か強い力に引っ張られて、ラダンの手から逃れようとするのだ。

「く……っ!?　何だ言う事を聞かねえ!?　こ、こんな事は一度も……!?」

引っ張り戻そうとしてもより強い力で暴れ、とうとうラダンの手から抜け出してしまう。

まるで意思があるかのように、スッとアデルの手へと収まっていく。

「借りるぞ！」

アデルが握り締めた術具を一振りすると、両端から炎が伸び、鞭のような細長い形状ではなく肉厚の刃のような形状で安定した。

しかも炎の色は赤ではなく青白い。見るからに炎がより熱く、力を増した証だった。

「ば、馬鹿な!?　て、てめえ何をしやがった……!?」

術具というのは、それ自体が内包する神滓によって術法と同じ効果を生む道具だ。術法使いではない者にでも扱え、神獣の神滓が無い場所でも効果を発揮できる。その代わり、誰が使ってもその威力は同じである。

使用者の術法の力量は関係が無いのだ。

この術具『火蜥蜴の尾(サラマンダーテイル)』は、鞭状の細長い炎を生み出す術具だ。

ある程度長さを変えたり、火力を抑えて対象の動きを拘束するのみに留(とど)めるような調整は使用者の意思で可能だが、色が変化する程(ほど)に火力を高めるような効果は無いし、炎を刃状に形成するような効果も無い。

その事はこの術具を使い慣れているラダン自身が良く分かっている。

だが、実際目の前のアデルが手にしているのは、青い炎の両刃剣(りょうばけん)である。

あり得ない現象だ。だが、あり得ない現象だけに――

「いや、ただの虚仮威(こけおど)しだ！　火蜥蜴の尾(サラマンダーテイル)にそんな効果はねえんだ！　くたばりなあああぁあぁっ！」

ラダンは腰に佩(は)いた曲剣を抜刀(ばっとう)した。そして勢いよく刀身を振り上げ――

それが振り下ろされる事無く、手の中からすっぽ抜(ぬ)けて天井(てんじょう)に当たった。

青い炎の刀身が、目にも留まらぬ速さでラダンの首を刎(は)ね飛ばしていたからだ。

床に落ちた曲剣が、ガランガランと音を立てる。

「済まない、嘘(うそ)をついた。死人には、後悔も何もなかったな」

アデルの視線の先のラダンの体は、青い炎によって燃え上がっていた。

そして、あっという間に炭化していく。

「「「おおおおぉぉぉぉっ……!?」」」

「……！　は、早い！」

一拍置いて、奴隷達は歓声を、マッシュは驚愕の声をそれぞれ上げる。

「待たせたな。時間を取ってしまって済まない」

アデルは床に落ちたラダンの曲剣を拾い上げ、マッシュに手渡した。

それ程質の良い代物とは言えないが、丸腰よりはましだろう。

「いや、逆に一瞬過ぎて唖然としてるんだが……ラダンだって決して弱くはないはずなのに……今のも『気』の術法なのか？」

「ああ。そうだ」

アデルは頷く。

『錬気増幅法』と呼んでいる技術だった。

自分の『気』で術具を覆うことで、手足のように自らの体の一部として制御することが出来る。

ラダンがアデルを拘束した瞬間、『気』を火蜥蜴の尾に浸透させることで意のままに操り、ラダンの手からもぎ取ったのだ。

そして『気』を浸透させた術具には、先程蹴りを強化したのと同じ現象が起きる。

その結果が、ラダンの首を一撃で落とした青い炎の両刃剣だ。

端から見ると、本来誰が使っても同じ効果になるはずの術具なのに、アデルが手にした場合のみ何段階も効果が跳ね上がるという、あり得ない状況になるのだ。

「さあ行こう。一気に脱出する。お前達も、ここから逃げ出したい者は付いて来い！」

アデルは奴隷達の方に向けて呼びかける。

「おおおおおおっ！　ありがてぇ！」

「こんな所、とっととオサラバだあぁぁぁっ！」

「また生きてシャバに出られるなんて！」

奴隷達が歓声を上げる。

「いや待て、アデル。こんな大人数で動けば、すぐに見つかって大騒ぎになる……！」

「構わないだろう？　敵は全て薙ぎ倒せば済む」

「いや、並の相手ならそうだろうが、今は間が悪いんだ。ここに聖女が滞在している」

「聖女が……？」

聖女とは神獣の声を聴き、彼等を呼び出し使役する召喚術を操る存在だ。

人々が使う術法や術具は神獣の神滓を素とするため、その神獣をこの世界に降臨させ得る聖女の存在は、人々にとって必要不可欠である。

だが召喚術の素養を持つのは女性のみであり、それも非常に稀だ。

当然その存在を貴ばれ『聖女』と呼称されるようになり、場合によっては王侯貴族よりも敬われる存在である。

アデルの主人であるユーフィニア姫もその聖女のうちの一人だった。

「それも、七大聖女のひとりと言われるエルシエルなんだ。下手すれば彼女と戦う羽目になりかねない……！」

「何⁉　戦の聖女エルシエルだと……⁉」

戦の聖女エルシエル。聖塔教団の認定する『大聖女』のうちの一人。

聖女の中でも、図抜けた実力と徳を認められた者がその称号を贈られる事になる。

戦の聖女との異名で呼ばれるのは、現場主義であり、普段から辺境の未開領域の魔物討伐を行い人々が住めるようにする開拓を積極的に行っているためだという。

だが時を遡る前の大戦では、ユーフィニア姫とアデルのいたウェンディール王国を攻め滅ぼした北国同盟に協力。和平を目指して放浪するユーフィニア姫が滞在していた街を急襲して姫の命を奪った軍勢の指揮官の一人だった。

　後にアデルが討ち取ったが、まさかここで相見えるとは。

「ああ。人々から尊敬される聖女。それも大聖女だなんて言うから、さぞかし徳の高い女性なんだろうと思ったが、まるで違ったよ。恐ろしく冷たい目で、俺と一緒に連れていかれた奴等が魔物に殺されてるのを見ていた……俺だけ生き残って、部下の兵になって戦えと言われたけど断ったよ。主としてはとても好きになれそうにない」

「なるほどな。そんな事になっていたとは……くくっ。これは好都合だ」

　にやりと笑みを見せるアデルに、マッシュはぎょっとした顔をする。

「な、何を言ってるんだアデル……？　下手すれば彼女の召喚した神獣に襲われる可能性だってあるんだぞ……!?」

「望む所だ、ここでエルシエルを討ち取るぞ。将来の禍根を断ってくれる……！」

「そんな無茶な……！　と言いたい所だが……さっきの気の術法を見せられた後では、そうとも言い切れないのかも知れないな……だが本当に危険だぞ？　そう簡単な相手じゃない」

「ああ、よく分かっている」

　自分は実際に戦い、彼女を討ち取ったのだから。

　それに正直に言って、あの時よりもこちらの状況は悪い。

まず、前に戦った時と同じ術具が手元に無いのだ。

火蜥蜴の尾(サラマンダーテイル)はラダンから現地調達したが、アデルが愛用し常に身に着けていた黒一色の全身鎧(よろい)の術具が無い。

あれは暗視に加えて軽量化の術法の効果を持っており、普通に着込(きこ)んでいても重さを殆ど感じずに、高い防御力(ぼうぎょりょく)を得られるという代物だ。

それを『錬気増幅法』で強化する事により、自分の体の重みまで感じなくなり、結果風のように速く動くことが出来る。と、いうような現象を引き起こしていた。

見た目は如何(いか)にも鈍重(どんじゅう)そうな全身鎧の騎士(きし)でありながら、縦横無尽(じゅうおうむじん)に動き回る高速戦闘(せんとう)を、以前のアデルは最も得意としていた。

武器も火蜥蜴の尾(サラマンダーテイル)に負けない術具を持っていた。

それに加えて、女性の身に変わった事もある。

これは純粋(じゅんすい)に筋力が落ちる結果となっており、『錬気収束法』で拳(こぶし)や蹴りの威力を上げたとしても、元の筋力が落ちている分、威力は以前ほどのものでは無くなっている。

『気』の量や強さは変わっていないので、そこまで悲観する程でもないが――

総合的に見て、今のアデルは時を遡る前よりも戦力を落としている。

が、ユーフィニア姫の仇(かたき)の一人は見逃せない。

「だが、エルシエルを相手にする以上、無暗に全員で動くのは危険か。確かに少々考えた方がいいな。それに、戦いがすぐに済むとは限らん……ならば最初に足を……」

アデルは少し思案した後、一つ頷く。

「よし、私が単独で先行する。まず動力部を破壊して足を止め、その後エルシエルを討ちに行く……！　お前達は私が起こした混乱に乗じ、頃合いを見て脱出してくれ」

エルシエルとの戦いは一筋縄ではいかず、長引くことも想定される。

まず移動式コロシアムをウェンディール領で止め、同時にエルシエルの逃亡も防ぐと言う目論見だ。

「分かった、だが俺も連れて行ってくれ。君一人に全部やらせるなんて、潔いものじゃないからな。大丈夫、これでもエルシエルの御眼鏡には適ったんだ。役に立って見せる……！」

「ああ、頼む。行こう、マッシュ！」

「よし。皆、アデルの言う事を聞いていたな？　暫く様子を見て、騒ぎが起きたら上手く逃げてくれ……！」

アデルとマッシュは他の奴隷達を残し、牢獄を出た。

この辺りの区画は一本道の単純な構造になっており、奴隷達を戦わせる闘技場に繋がっているだけである。

奴隷達が逃げ出したとしても、捕えやすいようにしてあるという事だ。

アデルも正直言って、牢獄から闘技場のあたりしか把握していない。

一本道の通路を走りながら、アデルはマッシュに問いかける。

「マッシュ、動力部の位置は分かるか……⁉」

「いや、この辺りの閉鎖された区画しか分からないな……！　ただ、こいつの移動は多脚式だから、動力部も脚の付け根の方にあるとは思うが」

「なるほどな……ならば誰か捕まえて、道案内させるのが手っ取り早いか……！」

「はははっ……！　君のような人がやるには行儀が悪いが、確かにそれが手っ取り早いな……！」

だが誰か適当な者が現れる前に、アデルとマッシュは闘技場への入口に到達する。

今は分厚い石の隔壁が閉ざされていて、道が完全に塞がれていた。

「ちっ……！　ご丁寧に閉じられているか！」

「破壊する……！　下がっていてくれ！」

アデルは火蜥蜴の尾に青い炎の刀身を生み——

ドガアアアァァァンッ！


手を出す前に、隔壁が向こう側から弾け飛んだ。

「っ⁉」

「何だ……⁉」

同時に何かの影が、アデル達の前に転がり落ちてくる。

「こ、これは……⁉　まさか神獣か……⁉」

飛び出して来たのは犬の頭を持つ、赤と黒の毛皮の巨大な獣だった。

体のあちこちから時折噴き出す炎は、見るからに強力な神滓の証だ。

「ああ、神獣ケルベロス……！　エルシエルが召喚した神獣だろうが……」

冥界の門番ともいわれる、神獣の中でも高位かつ高名な存在だ。

だが以前エルシエルと戦った時には、姿を見せなかった神獣でもある。

大聖女ともなれば何体もの神獣を従えており、単にアデルとの戦いでは使わなかった存在なのかも知れないが。

神獣はよろめきながら身を起こすと、こちらの様子を窺うように低い唸り声を発した。

「……襲い掛かって来ない？　それにこいつ、怪我をしているのか……！」

マッシュの言う通り、現れたケルベロスは全身に出血があるようだった。

「ああ。何事かは分からんが……だが私達を見逃してくれるかは別だな……！」

アデルは慎重に、火蜥蜴の尾を構える。

それを見た神獣も、身を伏せるような警戒姿勢を取った。

が、何か背後も気にするような素振りで、こちらと交互に視線を送っている。

と同時に、アデルの耳に聞き覚えの無い響きの声が聞こえてきた。

『挟撃か……！　首尾良く抜け出したものを！』

「……!?　神獣から声が!?　聞こえたか、マッシュ？」

「俺には何も……神獣の声が聞こえるなら、君は聖女でもあるという事か……!?」

「い、いや……そんなつもりはないのだが」

だがこうして女性の体になり、神獣の声が聞こえるというなら――

この体には聖女の素質があるという事になるのかも知れない。

『ぬ……!?　我の声が聞こえるというのか……!?』

また聞こえた。間違いない。最初の声も空耳ではない。

「あ、ああ……聞こえる！」

『これは僥倖……！　聖女よ、恥を忍んで頼む。我と盟約し、そなたの影に匿ってはくれぬか。我はまだ死ぬわけには行かぬ……我が一族に伝わる黒き炎をこの手にするまでは……！』


聖女と盟約を交わした神獣はその影に同化し、一つとなる。

その状態で、自らの影から神獣を呼び出す行為が、聖女の召喚術である。

神獣にとって影に同化している状態は、戦いで傷ついた体を急速に癒す効果があるようだ。時を遡る前、ユーフィニア姫にそう教えて貰った事がある。

ケルベロスが求めているのはそれだろう。かなり傷ついた様子から、そうしないと命も危うい状態なのかも知れない。

「私と盟約を……？　どういう事だ、お前はエルシエルの同朋ではないのか？」

『つい先程まではな。だが、近頃のエルシエルは昔とはまるで別人。故に我は盟約の破棄を申し出た……その結果がこれだ。あやつは意に添わぬ我を神滓結晶にしようというのだ！』

ケルベロスはかなり憤慨している様子だ。

神獣がその命を終えた後、神滓結晶と呼ばれる宝石のようなものが残る。

そしてそれが術具の核を為す素材として、最上級のものとなる。

魔物の体から切り出した素材や、既存の宝石類などに神獣の神滓を込めるような製法もあるが、それらは神滓結晶には及ばないとされる。

性能差から神滓結晶を核とした術具を貴術具、そうでないものを卑術具などと言う向きもある。

神滓結晶は希少なため、圧倒的に普及しているのは卑術具のほうだ。

貴術具は神獣の命が無いと生み出せないが、卑術具ならば聖女の力で生み出すことが出来る。数を揃える事が可能なため、各国の兵の主力兵装は卑術具となっている。

ちなみにアデルがラダンから奪った火蜥蜴の尾は、神獣サラマンダーの神滓結晶が使われているため貴術具の範疇に入るだろう。

意に添わぬなら、ケルベロスを討ち取って神滓結晶とし、術具の核として再利用しようという事だろうが——

非情と言う他はない。ケルベロスの怒りも尤もではある。

「なるほど……な。匿うのは構わんが、神獣の声を聴いたのはこれが初めてだ。上手くいくとは限らん。それに、連れて逃げてやる事は出来んぞ？　私達はエルシエルを討ちに来たのだ。敵前逃亡をするつもりはない」

『何……!?　神獣も連れず、たった二人であのエルシエルを討とうとは……』

ドガアァァァァッ！

神獣の背後、破壊された闘技場への隔壁の向こう側から、轟音を立てて岩塊が飛び込んで来た。人の体程もある巨大さだ。

姿は見えないが、向こう側に何かがいる。それが飛ばしてきた攻撃だ。

『ぬう……っ⁉』

「危ないっ！」

アデルは咄嗟にケルベロスの背後に駆け込んでいた。

そして岩塊に向け火蜥蜴の尾の炎の刃を振り下ろす。

縦一文字に割れた岩塊は左右に逸れ、両脇の壁に当たって止まった。

轟音と共に埃がもうもうと舞い上がる。

「アデル……！　大丈夫か⁉」

「ああ、問題ない……」

飛び込んで岩塊を斬り捨てた後のアデルは全くの無傷である。

青く燃え上がる炎の両刃が、煌々と輝いている。

『何と、それ程の器の術具には感じられぬのに、その威力は……⁉』

「話は後だ！　先に奥にいる何者かを討つぞ！」

アデルはそのまま、破壊された隔壁へと駆け出した。

だが通路を抜け出る前に、今度は先ほどよりも細かい岩礫が無数に降り注いでくる。

通路を埋め尽くすような数、密度だ。

とても一つ一つ避けていられる状況ではない。

「それならばっ！」

アデルは火蜥蜴の尾を頭上に構え、両刃を高速で旋回させる。それが青い炎の壁のようになり、飛来する岩礫を弾き飛ばして身を護る。

そのまま前進を止めず、通路を抜けて闘技場へと侵入する。

視界が開けると、そこには見上げるほど大きな、青黒い岩の巨人の姿があった。

「岩の巨人の神獣！　ティターンだ！」

後ろを付いて来るマッシュが声を上げる。

こちらを視認するとティターンは大きく吠え、巨大な右拳を振り上げ殴りつけようとしてくる。

「！」

アデル一人ならば、その拳打を避ける事は難しくない。

突き飛ばす等してマッシュを逃がすことも可能と思える。

が、さらにその後ろ。ふらついた様子のケルベロスまでを庇うことは難しい。

ならば――――！

「伸びろッ！」

アデルが両刃の片側を前に突き出すと、猛烈な勢いで炎の刃が前方に伸びていく。

それがティターンの右の肩口に突き刺さり、そのまま肩から先を切り落として見せた。


グオオオオオォォォォォ！


仰け反り苦しみ出すティターン。

これで、相手が繰り出そうとしていた拳打など関係ない。相手の更に先手を打った。

「おぉっ!?　神獣の体すら斬り裂けるのか!?」

「まだだ……！　仕留めるッ！」

マッシュが呆気にとられる中、アデルは返す刀で岩の巨人の胴を薙ぐ一撃を繰り出す。

が、それがティターンを捉える前に、その姿がぐにゃりと歪み、黒い影となって消えていった。

「……!? エルシエルの影に戻ったか……？」

『その通りだ。こちらの居場所も伝わったと思っていい』

「ならばエルシエルはここに現れるか。ケルベロスよ、そちらはどうする？ 盟約を試すのは構わないが、エルシエルと戦うのを無謀と思うなら、このまま私達を囮に逃げるのも手だ」

『いや、盟約を願う……今の我の状態で長くは逃げられぬ。それよりもその力に賭けさせてくれ、エルシエルに立ち向かうのもあながち無謀とも言い切れぬ……！ 我も神滓の供給源程度にはなって見せる』

「分かった。では、試してみよう。だが一つこちらからも願いがある。上手くいったとしても、これはあくまで仮の盟約……エルシエルを倒しここを出たら、私は主の元に向かわねばならん。そのお方は正真正銘の気高き聖女だ。できれば私よりそのお方を御護りしてくれ……！」

『承知した。その主とやらが、それに足る器であればな』

「ああ……それは問題ない。私よりも遥かに器の大きなお方だ。では、盟約を試みてみよう……どうすればいいのかは、よく分からんが……教えて貰えるだろうか？」

『何、それ程難しいことではない。無理に従えるなら話は別だが、我の方から願うのだ。

力を抜いて心を開き、我の存在を受け入れて貰えればいい』

「なるほど……な？」

　ひとまず深呼吸して肩の力を抜いてみるが、これでいいのかは良く分からない。

『そうだな、これは下世話なたとえかも知れんが自らの愛する男の顔を思い浮かべて、その者に触れるような気持ちで、神獣に触れればいいと小耳に挟んだことがある』

「……それは少々難しいな。そんな経験はないのだが……」

　当然だが時を遡る前のアデルは男性である。男性を愛する趣味は自分にはない。

　女性の体になったからと言って、嗜好が急に切り替わるものでもない。自分は自分だ。

『ふむ？　そのような外見の割に、初心なことだな……？　聖女こそ己の力を後世に託すために、子を多く残せと言われると聞いたが？』

「い、いや、私は聖女になるつもりも無かったのでな。だが心から敬愛するお方はいる。その方を思い浮かべればいいだろうか？」

　盲目だった自分には、ユーフィニア姫の顔も思い浮かべる事は出来ないが――

　だがその声や、心優しい人格や、傷ついた自分に触れてくれる温もりは忘れない。

　そう言えば、今の自分は目が見える。

　という事は、ユーフィニア姫の姿を直接見ることもできるわけだ。

今のアデルは十五、六歳だ。
六つほど年下のユーフィニア姫は九、十歳あたりだろうか。
とても可愛らしい少女であるに違いない。
それはとても楽しみな事だ。今から待ちきれない、想像すると心が躍る。
そういった思いを込めて、このケルベロスに触れて見ようと思う。
『そうして見てくれ。そして我をその胸に抱いてくれ』
「分かった」
アデルが近づくと、ケルベロスは鼻先をこちらに近づけてくる。
それにそっと触れると、硬い皮膚の手触りと共に、触れた部分が淡く輝き始める。
硬かった手触りが段々と、柔らかく温かいものに変わっていくような気がした。
さらに深く、大きく両手を広げてケルベロスの頭を抱きしめる。
ケルベロスの体全体に光が広がり、その体が光の粒子のようになって消失。
それらが一斉にアデルの胸に飛び込んで来て、吸い込まれていく。
「光が全て、アデルの体に入って消えた……!?　大丈夫なのか？」
「ああ、だが胸の奥に、今まで無かったものが出来たような……？」
仄かに温かいような。不快ではないが確実に自分とは異なる何かが。

思わず胸に手を当てると、当然だが自分自身の胸の膨らみの手触りを感じた。

――この感触の方が凄まじい違和感である。

「……いや、大した事ではないな……これに比べればな」

この体になった事を考えると、神獣を受け入れた感覚など些細なものである。

「な、何をやっているんだアデル……そんなに自分の胸を自分で……」

マッシュはばつが悪そうに顔を逸らす。

「あ、ああいや済まない。何でもない、気にしないでくれ」

「そ、そうか……しかし、聖女の盟約の瞬間は初めて見たよ。中々美しいものなんだな。見応えがあった」

「だが、これで良かったのだろうか」

「ああ、それは間違いないと思うよ。これを見てくれ」


ボオオォッ！


マッシュの手に人の頭程の炎の塊が出現した。

「君を通して、あのケルベロスの炎の神滓が溢れてくるのを感じるよ。ほらこの通り、術法も使える。これで俺も少しは役に立てる……！」

「そうか、聖域が展開されて……ならば盟約は成功したのだな」

聖女が神獣と盟約を結び、一つになることによって、神獣の持つ力を人が認識し扱うことのできる神滓に変える事が可能になる。

その神滓を利用し、様々な超自然的現象を引き起こす技術が術法である。

神滓に満たされ、術法が使用可能な空間を聖域といい、その広さ、強さは聖女や神獣の力によって様々だ。

神獣を影に隠したまま聖域を展開するのは、召喚術としては技術が必要な事らしいが、ケルベロスが自らの意志で協力してくれているのだろう。

「よし、ここでエルシエルを待つだけでは芸がない。今のうちにコロシアムの足を止めるぞ！」

「ああ、どうするんだ⁉」

「上に行くぞ……！」

アデル達のいる闘技場の周囲は高い壁とその上に円形の客席に覆われており、それがかなりの高さまで続いている。一番高い所は、身長の十倍以上はありそうな高さだ。ティタ一ンが鎮座していても全く窮屈を感じさせない広さがある。

「分かった。少し壁は高いが、おかしな仕掛けがないか、俺が先に登ろう」

「いや、不要だマッシュ！　一気に上に行く！」

アデルは火蜥蜴の尾を、客席最上段の外周を囲う柱に向けて振り翳す。


ビュウウゥウンッ！


細い鞭のように撓る炎が、遠い柱まで伸びて巻き付いた。

刃の形状のままあれだけの距離を伸ばすことは難しいが、本来の細い炎の鞭であれば、

『錬気増幅法』で有効射程を大幅に拡張することも可能だ。

「一気に移動するぞ、掴まれマッシュ！」

「わ、分かった、アデル……！」

マッシュの太い腕が、アデルの腹部に後ろから巻き付く。

「では、行くぞ……！」

伸び切った火蜥蜴の尾が今度は逆に収縮。

アデルとマッシュの身を、客席最上段の壁上まで一気に運んだ。

「よし！　上手く行ったな……！　あれを見ろ」

アデルは壁の外側の下を指差す。

ここは空の見える野外。どうやら今は、どこかの森の中を進行中のようだ。

コロシアムの下部を支える多数の脚が音を立てて蠢いているのが目に入る。

「あの脚を潰すぞ、マッシュ！　そうすればもう動けん……！」

「だが高いぞ？　あそこまでどう下りるんだ……⁉」

「今度は鞭を下に伸ばす！　私がお前を抱かかえているから、術法でコロシアムの脚を破壊してくれ！」

「も、もう一度あれか」

「何だ？　どうかしたか？」

「い、いや……分かった、やってくれ！」

とマッシュは応じるものの、アデルはすぐに動き出さない。

いや、動けなかったのだ。

マッシュの胸元辺りを後ろから抱え込んで飛び降りたいのだが、手が届かないのだ。

女性の体の身長は低く、自分の感覚とはズレていた。

ならばどこを、と考えて止まってしまったのだ。

「？　どうした？」

「いや……すまん、少し屈んで貰えるか？」

「あ、ああ」

「よし、これならば。行くぞっ！」

アデルは後ろからマッシュの胸元に左手を回して抱え込みつつ、コロシアムの外壁を飛び降りる。

右手に握った火断蜴の尾は、先程と同じく鞭のように伸びていく。これが、命綱代わりだ。

アデル達は狙い通り、コロシアムの脚部分付近まで飛び降りていた。

ここから先は、マッシュの術法に頼る必要がある。

聖女が聖域を展開している間、聖女自身は術法を使えないのだ。

故に実体化した神獣や、護衛騎士に守りを任せる必要がある。

アデルはそもそも神滓を使った術法は使えないので、関係のない話だが。

また、神滓を使わず、実質的には術法とは言い難い気の術法は別だ。

『錬気増幅法』は有効で、こうして使用できているが――

今は火断蜴の尾は命綱に使っているし、他の術具もない。

「どうだ、マッシュ⁉」

「どう……？　そ、そうだな。や、柔らかいな……」

マッシュはとても言いにくそうにそう言った。

マッシュが背中から感じるアデルは、そうとしか言いようがないのだ。

どうもそれが気になってしまって仕方がない。

「どこだ？　どこが柔らかい⁉」

「どこって、それは……」

「その柔らかい部分をお前の術法で破壊してくれ！」

「ん……⁉　あ、そ、そうだな。ええと……あそこだ、複数の脚を束ねている支柱！　あれを破壊できれば、一気に複数の脚を止められる！」

確かにマッシュの指差す通り、蠢く無数の脚は、複数が一つの土台に繋がっておりその土台を一つの支柱が支えている。

それを壊せば……とはいえ、支柱もそれなりの太さがあり、柔らかいとは言い難いように見えるが。

「確かにそうだが――やれるか、マッシュ⁉」

「ああ、任せてくれ！　それなりには役に立って見せるさ！」

マッシュの手が複雑にいくつかの印を切り、組み合わさる。

アデルには良く分からないが、術法を練り上げるための所作だ。

詠唱を挟むより、この術印を切る方が早い、という事である。

より実戦的に、素早く術法を使うための技術だ。

「行けええええっ！」

マッシュは、掛け声と共に両手を伸ばす。するとその手の先に——


クオオォォンッ！


高らかな鳴き声と共に、体が炎で形成された鳥が現れる。

しかも、その体は大柄なマッシュを更に超える程に大きい。

これは確か、高位の術法だったはず。

しかも炎の鳥の大きさは、術者の能力に比例する。

これだけの大きさ、流石はマッシュだという所だ。

しかし、マッシュ自身も何故か驚いている様子だった。

「な、何てデカさだ⁉　さ、さあ……！　あの支柱に突っ込め！」

その指示通り、炎の鳥は真っすぐ支柱に飛んで行き——

ドガアアアアァァァァンッ！

轟音を上げ、激しく爆発を起こす。

支柱はマッシュの狙い通りに破壊され――

繋がっていた脚も、動きを止めて崩れ落ちていく。

「よし、上手くいった……！　流石だな、マッシュ！」

時を遡る前のアデルがマッシュの世話になっていた頃、アデルはまだ弱かった。

気の術法にも当然目覚めておらず、本当に一方的に面倒を見て貰っていた。

未熟な自分にはマッシュの力は遥か雲の上で、どういった程度なのか見立てる事も出来なかったが、かなりの実力者なのは間違いない。

もし国に仕えれば、単なる一騎士ではなく一隊を任される騎士長。

いや、その隊を束ねる騎士団長すら務まるだろう。

聖塔教団に入れば、大聖女の護衛騎士になるのも夢ではない。

エルシエルがマッシュに目を付けたというのも分かる。

「いや君の聖域が、それだけ強いという事だ……！　これ程の威力が出るなんて、俺も初めての経験だよ……！　ついさっき聖女になったばかりの君の聖域が、ここまでのものとは、君には驚いてばかりだよ。これなら本当に、あのエルシエルすら……！」

「最初から私は本気だぞ！　神獣がおらずとも！」

「ああ、そうだな。だが確率は確実に上がったさ……！　さあ、他もやるぞ！」

「頼む！」

マッシュは次々と、多脚を支える支柱を破壊していく。

やがていくつもの脚が脱落したことにより、全体が大きく傾ぎ始める。

真っすぐ走ることが困難になり、コロシアムは蛇行を始める。

「揺れるな……！　アデル、大丈夫か!?　聖域の展開は君自身への負担になる……！　こんなに大量の神滓を術法に使えば、特に！　無理はするなよ！」

「大丈夫だ……！　私の事は気にするな、やってくれ、もう一息だ！」

確かに多少の疲労感はある。

聖域の展開と、その中で味方に術法を使わせる行為は初めてだが、中々に重い負荷だ。

だが、ここで止める選択肢など無い！

コロシアムの脚を止め、エルシエルを倒して後顧の憂いの一つを断ち、ユーフィニア姫の元に馳せ参じる。それまで立ち止まるつもりは無い。

が、そのアデルの内心と裏腹に、こちらの攻勢は突如中断される。

いきなりアデルとマッシュの体が落下を始めたからだ。

「！　落ちる……ッ!?　アデル、どうした……!?」

「何故……!?　私は何も……！」

何もしていないのに、右手の火蜥蜴の尾から伝わる重みが、まるで糸が切れたかのように無くなってしまった。

アデルとマッシュは同時に上を見て――

そして気が付く。炎の鞭が巻き付いていた柱が、中ほどからすっぱりと切断されてしまっている。

鞭が巻き付いていたのは切り離された部分だ。こうなれば落ちるのは当然だ。

そして、その柱の脇には――

背が高く凛とした顔立ちをした、薄紫の髪色の女性が立ち、こちらを見下ろしていた。

美しいと表現できるような容姿だが、それ以外の様々な感情が、そんな事を吹き飛ばしてくる。

「「エルシエルッ！」」

アデルとマッシュの声が揃う。

聖塔教団の誇る聖女の最高峰。七大聖女のうちの一角、戦の聖女エルシエルだ。

「そこを動くな！　今すぐ叩き斬って……！」

「待てアデル！　落ちる！」

「しっかり私に掴まっていろ、マッシュ！」

アデルはマッシュにそう言うと、両手を使って火蜥蜴の尾を握り直す。

「下にっ！」

地面へ向けて、炎を伸ばす。今度は撓る鞭状の形ではなく、もっと固形の棒状だ。

それを地面に突き刺して支えにする！

ガッ――――！

棒状の炎は狙い通り地面に突き刺さり、アデル達の落下の勢いを殺しながら撓って、そして負荷に耐えかねて根元がすっぽ抜け、アデル達の身は投げ出される。

「アデルッ！」

最後はマッシュが大きな体でアデルを抱え込むようにして、地面へと落ちる。

勢いで何度も体が転がり、そして止まる。

「くっ……！　済まん、マッシュ！　大丈夫か？」

「ああ。これでも魔獣の体を移植された身だ。並の人間とは体の頑丈さがちが……っ!?　ええとこちらこそ済まん、これは違うんだ！」

何を狼狽えているかというと、マッシュの手が思い切りアデルの胸元に埋もれていたから。マッシュは飛び退いてアデルから距離を取る。

「余所見をしている場合ではないぞ、マッシュ！　来る！」


ドガガガガガガガガッ！


無軌道に蛇行をするコロシアムが、アデル達のすぐ目の前に迫っていた。

森の木を蹴り倒し、近くの湖の水をまき上げ、派手な有様だ。

このままでは森が滅茶苦茶になってしまう。

「うおおおおおおおぉぉぉぉっ!?」

「な、何だこりゃ、ヤバいヤバい、死ぬうううううぅぅっ!?」

「せっかく外に出られそうだってのによおおおぉぉぉぉっ!?」

こちらから見えるコロシアムの門部分で、それぞれ何かに掴まりながら大騒ぎをしている男達の姿が。

　マッシュの子分。アデル達と別行動で、脱出を試みていた奴隷達である。

　ここまで自力で辿り着いてくれたらしい。

「あいつら！　な、何とか助けてやらないと……！」

「ああ、私が行くッ！」

　アデルは『錬気収束法』で脚力を強化し、蛇行する移動式コロシアムに突っ込んで行く。

「お…おいねーちゃん！　危ねえぞ！」

「近づくな、潰されちまうぞッ！」

「い、いや、けどよ！　あれ見ろよ……！」

　薙ぎ倒される木々や、マッシュに破壊されて飛び散る脚の部品や破片は、危険な投射攻撃と同義だが――

　アデルはそれを、目にもとまらぬ動きで躱しているのだ。

「は、速ええええっ⁉　何だあの動き……！」

「さ、流石あっさりラダンをやっただけのことは……！」

「すげええええっ！　やっぱありゃ偶然でも見間違いでもねえんだな⁉」

　奴隷達の驚きの声を受けながら、アデルはコロシアムの底面へと滑り込む。

荒れ狂う多脚を機敏にすり抜けながら、奥へ。

「いいものだな……！　目が見えるというのはッ！」

最初は視界が提供してくれる圧倒的な情報量に、多少の戸惑いもあった。

が、音や気配や『暗視』の術具が見せてくれる朧げな影に頼る戦いよりも、遥かに小回りが利くのを実感できる。

特にこのように、無数の破片や動く脚を避けながら進むような場合は。

黒い鎧の剣聖アデルならばこのような動きは出来ず、もっと大雑把で直線的な動きになるだろう。ただし速度や威力は大幅に勝るため、真っすぐ突っ込んで力任せに多数の脚を一気に叩き切るような対応になったはずだ。

結果が同じならばどちらでも問題は無い。

今のアデルは黒い鎧の剣聖アデルに比べて力より技、剛より柔だ。

狙いをつけたのは、右奥の一角の土台に接続された脚の集団。

それまでのマッシュの攻撃で破壊された具合と、現在の全体の傾き具合から、ここを壊せば――

「転げるッ！」

ザシュウウゥゥッ！


青い炎の両刃剣（りょうばけん）が、狙いをつけた脚（あし）の塊を根こそぎ切り飛ばす。

火蜥蜴（サラマンダーテイル）の尾は長く伸ばす事も出来るが、長く伸ばせば伸ばす程破壊力（はどはかいりょく）自体は低下する。

このコロシアムの脚を斬るには、接近して火蜥蜴（サラマンダーテイル）の尾が最大限の破壊力を出せる状態にする必要があったのだ。

そしてアデルに多数の脚を斬り飛ばされた移動式コロシアムは、アデルの言葉の通り決定的に大きく傾いで転び――


ばしゃああああああぁぁぁぁんっ！


盛大な水飛沫（みずしぶき）を上げて、進路の脇の湖へと飛び込んだ。

「よし、計算通りだな……！」

陸上で転ばせてしまうと奴隷達も無事には済まないが、水に落ちるのであれば衝撃（しょうげき）は和（やわ）らぐ。コロシアムの傾きと蛇行の具合から見当をつけた通りに出来た。

近くに大きな湖があったのは幸いである。

あの奴隷達も悪運が強い、と言えるだろう。

「よっしゃあああぁぁぁぁっ！　助かったあああぁぁぁ！」

「あああああああああ！　娑婆の空気はうめぇなぁぁ！」

「娑婆ってか森だからだろ！　森の空気がうめぇのは当たり前だ！」

などと口々に言いながら、湖から上がって来る。

「アデル！　ありがとう！　あいつらも無事みたいだ……！」

マッシュがアデルの元にやって来て、ぽんと肩を叩く。

「ああ、だがまだ油断は出来んぞ。奴が上がってきたら、皆無事に済む保証などない。これからが本番だ」

「エルシエルか。ああ、そうだな……！」

マッシュは牙を剥くような真剣な表情になり、はしゃいでいる奴隷達に呼びかける。

「おいみんな！　喜ぶのはまだ早い！　すぐにそこから上がって隠れているんだ！　エルシエルが上がって来るぞ！　あれは容赦のない恐ろしい奴だ、せっかく助かった命を無駄にするなよ！」

「へ、へいアニキ……！」

「わかりやしたああぁぁぁっ！」

「ひいいぃいいぃいっ！　せっかく助かったのに死ねるかよ……！」

悲鳴を上げて、一目散に水辺から離れて木陰に隠れる奴隷達。

怯える彼らにアデルは呼びかける。

「とは言え、怯えすぎる必要はないぞ。エルシエルは私が仕留めてやるからな……！」

「「あ、ありがとうごぜぇやす！　アデルのアネキ！」」

一斉に揃った返事が返ってきた。

「ん？　アネキ……？」

「ははは。あいつらすっかり君に懐いたようだな。まあ、力のある奴には素直に尻尾を振っておくのが長生きをするコツなんだろう」

マッシュが苦笑気味にそう述べる。

「現金なものだな？」

「まあそう言うなよ、あれでもそんなに悪い奴等じゃないんだ」

「そうだな。あれでも彼等も私達も、あのコロシアムの被害者……同類だからな」

「ああ。さあ、いつエルシエルが上がってきても可笑しくないぞ、アデル！」

マッシュはラダンから奪った曲刀を構え、湖の方を見る。

「よし……！　上がってきた瞬間に仕掛けるぞ……！」

火蜥蜴の尾（サラマンダーテイル）に青い炎の刃（やいば）を宿し、水面を睨（にら）んで身構える。

エルシエル相手に余計な問答は無用。生かしておける相手ではない。

上がってきたところを、即座（そくざ）に強襲（きょうしゅう）するのだ。

アデルとマッシュは臨戦態勢を取って時を待ち――

そして一晩が明けても、エルシエルは姿を見せなかった。

　バシャン！


　森の中の湖の水面に、男が浮かび上がってくる。

　顔を出した男は湖畔（こはん）に向けて手を振り、呼びかける。

「アニキー！　アネキー！　やっぱ中には人っ子一人いませんぜ……！　もぬけの殻（から）でした！」

「そうか。助かった、フィッシャー！　上がってくれ……！」

　マッシュは男にそう呼びかける。

　水没（すいぼつ）したナヴァラの移動式コロシアムから、エルシエルは現れなかった。

　エルシエルどころか、他（ほか）にもいたはずのコロシアムの看守や研究員なども。

　一晩待ったがあまりに不自然なため、明るくなった所で沈（しず）んだコロシアム内の探索（たんさく）を行ったのだ。

　このフィッシャーと呼ばれた奴隷達のうちの一人は、コロシアムでの術法的な人体改造により、体の一部が蛇の魔物のものにされてしまっている。

　そのせいか並の人間より遥かに水中に強く、長く潜ることが出来、泳ぎも速い。

　水中の偵察には持ってこいの男であり、彼に偵察に出て貰ったのである。

「へい……！　それから、へへへ、多少中から失敬してきましたぜ……！」

　それは厳重に封がされてまだ飲めそうな葡萄酒や、チーズ、ソーセージなど、濡れても食べられそうな食料である。

「よっしゃあぁ！　いいぞフィッシャー！」

「おめえの割には上出来だぜ！」

「ようし酒だ酒だ！　ひゃっはあぁぁぁぁっ！」

「酒なんて何年ぶりだあぁぁぁっ!?　うめえええええっ！」

「いや、お前そっちはただの水……」

「ほっとけ！　味の分からん馬鹿には水でも酒でも変わんねーよ、ガハハハハ……！」

「うんそうだな。お前が飲んでるのも水だけどな……」

　と、奴隷達は実に楽しそうに酒盛りを始める。

「ふう。やれやれ、騒がしいな……」

マッシュがため息をつく。

「まあ、楽しそうなのは結構な事だ。それよりも気になるのは、中に人がいないという事だな。何者かが退避させたと考えるのが妥当だ」

「やはりエルシエルの仕業か……？」

「だろうな。確実に奴は生きている……が、姿が見えぬものは仕方がない。討ち取るのはまた別の機会だな」

「あの神獣は？　ケルベロスはどうしたんだ？　あいつにエルシエルを追って貰う事は出来ないのか？」

「一応呼び掛けているつもりなのだが、反応がない。確かに私の中に存在は感じるのだが……恐らく、深く眠っているのだろう。相当傷ついていたからな」

「なるほど、な。なあアデル、それなら君はこれからどうするんだ？　何かあてはあるのか？」

「私は私の主の元に馳せ参じる。幸いここはウェンディール王国領のはずだ。この森を出て王都に向かおうと思う」

「そうか……君の主とは？」

「ウェンディール王国のユーフィニア姫様だ。気高く賢く、それでいて偉ぶらずお優しい素晴らしいお方だぞ。更にはとても才能ある聖女でいらっしゃる」

「お姫様の……⁉　ならば君は王家に仕える騎士なのか……⁉　道理でその実力は……」

「いや、姫様の護衛騎士なのだが……そういえば今はそうではないな」

「どういう事だ？　何かの汚名を着せられて追放されたが、その失地を回復したいとかなのか？」

「いや、そういう事でもないのだ……よく考えたら、そうだな。つまり、ユーフィニア姫様にお仕えするために、仕官をしに行くという事だ……！　そうだ、そうなる事になるだろうな……！」

「？　何か良く分からないが、とにかくお姫様に仕官をな……なるほど、では君は貴族か騎士の家の出なのか？」

「いや？　私はどこの家の子とも知れぬ孤児だが？」

「おいおい、大丈夫なのか……？　ウェンディール王家は、平民でも簡単に仕官させてくれるものなのか……⁉」

「ん？　当たり前だ！　姫様は生まれなどで人を差別されるようなお方ではない！　物事の真価を見通す目は千里よりも遠く、人を慈しむ心は大海よりも深くていらっしゃる！」

　アデルは自信満々に胸を反らして言う。

これだけは断言できる。相手が平民だからと言って拒むような人ではない。

その勢いに、マッシュは少々気圧されていた。

「そ、そうか……それは分かったが、姫様というより国王陛下の考え方が問題じゃあないか？　姫の傍に置く者は、国王陛下がお決めになるだろう？」

「ふぅむ。確かにな……だが私の時は……」

時を遡る前のアデルが、ユーフィニア姫に仕えるようになった時――

確かに姫の周囲からの反対は多かった。無論王も反対していた。

だが、その当時のユーフィニア姫は既に聖塔教団から正式に聖女として認められた身であり、聖女としての護衛騎士は自分自身が選ぶ、と主張して押し通していた。

それでも、その後も周囲との関係については色々とあった。

姫は何も気にせず接してくれたが――

アデルは両目が潰れ全身傷だらけの異相であったし、その場にいるだけで周囲を恐れさせていた面はあった。特に侍女達はアデルを恐れていたように思う。

全身を覆う黒い鎧の術具は、それを隠すためのものでもあったのだ。

それはそれで物々しいが、素顔のアデルよりはまだいい、という事だ。

だがそんな苦労も、突如として勃発した大戦によって吹き飛ぶ。

ウェンディール王国は北国同盟の攻撃によって滅亡し、物理的に無くなってしまったから。ユーフィニア姫は亡国の姫の立場になってしまった。

今のユーフィニア姫の立場が、どうなのかは分からない。

が、ともあれ確実に言えるのは――

「まあ、やるべきことは変わらん！　姫の元に馳せ参じるぞ、マッシュ！　私の主はあのお方だけだからな！」

ユーフィニア姫の元に馳せ参じ、今度こそ何の憂いもなく幸福な一生を全うして貰う。

そのために時を遡り、女性の身にもなって来たのだ！

「え……!?　俺も行くのか？　君が仕官に向かうなら、お別れにならざるを得んと思っていたんだが」

「何を言う、共にユーフィニア姫にお仕えしよう……！　お前がいてくれれば心強い」

「し、しかしな。俺は……」

「お前は騎士の家の出だろう？　なら家柄は問題ないだろう？」

「それ以外の問題が大きすぎるだろう。俺はこんな顔だぞ……!?」

アデルはマッシュの肩をバンバンと叩く。

「大丈夫だ。ユーフィニア姫様はそんな事はお気になさらない。私は神獣を手土産にするから、これで手柄と家柄が揃ったな」

「そ、そうか？　変わった方だな……？」

「何物にも偏見を持たぬ、高貴かつ柔軟な視野をお持ちになっていると言って貰おう！」

「お、おう。まあ、どうせ俺に行くアテはないしな……君は命の恩人だ、君がいなければ、俺もあいつらもコロシアムの中で実験だ何だと玩具にされたまま、誰も生きて出られなかっただろう。命の恩人が求めてくれるなら、どこへだって付いて行くさ」

「ありがとう、マッシュ！　今後ともよろしく頼む……！」

「ああ！」

アデルとマッシュは固く握手を交わし――

「ガハハハ……！　おいフィッシャー！　酒足りねぇぞ、もっかい潜って取って来い！」

「いやだからお前それ、みず……」

「ほーらよ、飲みたきゃ飲んできな！　ここは酒の泉だぞ！」

ばしゃあああぁぁぁぁんっ！

「おおおぉおっ!?　マジだうめえええええぇぇぇっ!?」

「いやあいつまだ気づかねえのか……!?」

「おいおいおい、そうだったのか気づかなかったぜ！　なら俺も……！」

「俺もだ！」

「俺も俺も！」

「いや違うだろ！　馬鹿かお前らも!?」

奴隷達は口々に楽しそうに、水に出たり入ったりしながら戯れていた。

「……あいつらは、どうしようかな」

マッシュが深々とため息をつく。

「あの者達も、まるで使えんというわけではなく、それぞれに長所はあるのだろうが。姫様の家臣に相応しいかというと……知性や教養の面が少々、な」

まだ全員の顔と名前と能力は把握できていない。

水中を探索してきてくれたフィッシャーのように、皆それぞれに何かしらの長所は持っているのだ。それが、あのコロシアムの実験体であることの意味である。

とはいえ、皆集まった時のあの騒がしさと品の無さは——

「……全く否定はできないな。あいつらを普通に見たら、野盗や山賊の類にしか見えないだろうからな」

「姫様が山賊の頭扱いされるのは、よくないな」

「そうだな……あいつらに宮仕えが出来る最低限の躾ができればいいが……うーん」

「ま、まあ保証は出来んが一応、姫にお仕えさせて頂けるかどうかお伺いを立ててみるとしよう。難しければ、それぞれ働き口を世話してやればいい。いずれにせよ、人の多い王都に行くのは悪くない」

流石にアデルもあの男達を自信をもって姫に推挙する事は出来ないが――

この先の身の振り方くらいは世話しようと思う。

「あ、ああ……そうだな。すまないな、君には迷惑をかける」

「気にするな。これも何かの縁だ。ではもう少し休んだら出発するとしよう」

「ああ、夜通し警戒していて、少し疲れたよ。コロシアムの中でも気の休まる時などなかったし、少し休ませて貰うよ」

マッシュは木陰に背を預けて座り込み、瞳を閉じる。

「そうだな。そうするといい」

こちらはまだ体力は余っているし、どうして過ごすか――

周囲に目を向けると、奴隷達は彼らなりに楽しそうに湖で遊んでいた。

「ヒャハハハ！　気持ちいーなぁ！　汗も泥も落とせてサッパリすらぁ！」

「水キレイだからな！　心も体も清められるみたいだぜ！」

「ふむ」

自分の体を見る。

コロシアム内で目覚めてからこれまでの立ち回りで、体はすっかり埃まみれ、汗もかいたので肌もべたついている。

「よし、私も水浴びをしておくか……！」

せっかくなので、今のうちに汗を流しておこう。

そう決めたアデルは、ぱっと服を脱ぎ捨てる。

上も下も下着一枚。

その状態で、自分の腰の後ろを軽く一撫で。

今初めて意識したのだが、この女性らしい下着は少々ぴったりとし過ぎていて、穿き心地に違和感を感じなくもない。

そして上のほうも、下着に胸の膨らみがぎゅっと押し込まれていて、結構窮屈だ。

「ふむ……上は取ってしまうか」

さすがに丸裸は少々嫌だが、胸は別にいいだろう。その方が気持ちよさそうだ。

と、下着に手をかけるアデルの背中側から、声がする。

「「お、おおおお……！　アネキ……！　ありがとうございます！　ありがとうございます！」」

「何だ騒がしいぞ？　私は汗を流すだけだ。何も面白（おもしろ）い事はない、静かにしていてくれ」

とアデルが男達（たち）を一睨みした後、彼等に背を向けて下着を取った時――

「アデエエエェェェェェェルッッッッ！」

マッシュが物凄（ものすご）い勢いで跳（は）ね起きて、アデルの元に走って来た。

こちらに背を向けて、奴隷達からアデルの姿を隠（かく）すように立つ。

「お前達！　見るな！　あっちを向いていろ！」

「「へ、へい……っ！」」

「何だ？　どうしたマッシュ？」

「どうしたもこうしたもないだろう……！　若い女性が、こんな多くの男達の前で無暗（むやみ）に肌を晒（さら）すものじゃあない！」

「女性？　私がか……？」

「あ、当たり前だろう！　君以外に誰がいる……！　言っては悪いが、君はこう、恥（は）じらいとか慎（つつし）みというものが少し足りない気がするぞ……！」

と――

「きゃあああぁぁぁっ!?　な、何なのよあんた達……っ！」

木陰の方から、アデルのものではない女性の声。

「へへへへ……なあなあ可愛いお姉ちゃん、ちょっと寄ってきなよ」

「俺達とさぁ、楽しくお喋りしようぜええぇぇぇ」

「大丈夫だぜぇ、俺達ゃこう見えても陽気で楽しいお兄さんだからよぉ」

奴隷の男達が、やって来た少女に声をかけていた。

少女の方は、アデルの見た目と同じ十五、六歳程度。

金髪碧眼。長い髪は結い上げて、動く度にそれが揺れて快活な印象を与える。

やや幼い雰囲気の顔立ちには愛嬌もあり、とても魅力的であると言える。

「…………」

そんな少女に対し、この場所、言葉、人相で奴隷達が接すれば──

「山賊……っ!?」

少女は顔を引き攣らせ、警戒を露わにする。

そう思うのも無理はない。寧ろ全く自然だ。そこまでは問題ない。

問題なのはここからで──

「こ、こんな未開領域に潜んでるなんて……！　いい度胸だね！　ウェンディール王国騎士としては、見過ごしてはおけない！」

少女はウェンディール王国の意匠が刻まれた軽鎧を身に着け、武器も携帯していたのだ。

背負っていた槍を素早く構え、奴隷達を穂先で牽制して見せる。

その構えは中々、いやかなりのものだ。相当な実力があるのが窺い知れた。

しかしこれ以上事を荒立てるわけにはいかない。

相手はウェンディール王国の騎士だという。

これから仕官しに行こうとする場所の人間に対して、敵対していいはずがない。

慌ててマッシュが間に割って入る。

「ま、待ってくれ！　俺達は怪しい者ではな……くはないな。怪しいのは認める！　だがこれでも山賊ではないし、あなたに危害を加えるつもりは……」

「!?　な、何……!?　魔物？　いや、人……!?　最近の未開領域って何でもありなの!?」

マッシュの登場に、少女はますます警戒心を露にする。

これは失敗だったかも知れない。マッシュと初対面の少女には、獅子の顔が魔物に見えてしまったようだ。

よく話してみれば、マッシュが礼儀正しく温厚な好青年であることは分かると思うが、話してみる気が起きなければ意味がない。

ここは自分も出るべき――！

アデルはマッシュの更に前に進み出る。

「待って欲しい！　とにかく一度槍を下ろして、こちらの話を！」

「……っ！　こっちに来てっ！」

少女は有無を言わさずアデルの腕を掴み、自分の後ろに引っ張りこんだ。

「もう大丈夫だよ……！　辛かったね。後はあたしに任せて……！」

こちらを少し振り向いて、何かを堪えるようにしながら、微笑。

目にはうっすら涙さえ浮かんでいる。

「……？」

「あぁぁあっ……！　こ、これはまずいな……！」

マッシュは少女の表情の意味が分かったらしく、頭を抱えていた。

その意味は、次の少女の台詞で理解できた。

「人でなしっ！　こんな可愛い子をかどわかして、乱暴するなんて！」

明らかに風体が怪しい山賊達と、裸の女。つまり、そういう発想になるのだ。

目に涙さえ浮かべたのは、本気でこちらに同情した証。

人情味のあるいい娘なのだろう。

「……！　い、いや違うのだ！　これはただ単に水浴びを……！」

「いいんだよ、嘘なんて言わなくていいの……！　あたしがあなたを守ってあげるッ！」

　その様子を見て――

「アニキぃ～」

「アネキぃ～」

「事態が悪化してますぜ？　何やってんすか？」

　呆れた目でこちらを見てくる。

「「お前達が言うなッ！」」

　思わずアデルとマッシュの声が揃った。

「さあ、覚悟しなさ……いっ⁉」

　とうとうマッシュ達に突撃開始した少女を、アデルは後ろから羽交い絞めにしようとする。

「す、済まないが触れさせてもらう……！　女性に対して済まないっ！」

「いやそれはいいけど……！　ちょ、ちょっと止め！　うわ胸おっき……！　ちょっと気持ちい……い、いや、そうじゃなくって危ないよ⁉　振り落とされて怪我して……ってあれ⁉　う、嘘……？　動けない……っ⁉　何て力なの……っ⁉」

アデルは気の術法──『錬気収束法』で腕力を強化し、少女を抑え込んでいた。

見た所れっきとしたウェンディール王国の騎士だし、かなり鍛えているようにも見えるが、強化したアデルの腕力は超人的だった。

「とにかく落ち着いて話し合いを……！」

そんな状況に、更に乱入してきた者がいる。


ガサガサガサッ！


不意に周囲の木立や茂みが大きく揺れる。

「……！　何だ!?」

「お前達気を付けろ！　何かいる！」

「「へ、へいッ！」」


グルウウウオオオオォォォォッ！

成人と同じくらいの背の大きな狼の魔物が、茂みから飛び出して来る。

ただの狼ではなく目を爛々と赤く不気味に光らせ、一目でそれと分かる黒い靄のような瘴気を身に纏っている。

そして額のところには、人間を纏めて何人も刺し貫いてしまいそうな、鋭利な角が生えている。

それが、丁度アデルと少女の目の前にも飛び出して来た。

「！　ホーンウルフ……！　危ないよ……！　下がっ……」

と、少女がアデルを庇おうとする前に、アデルが動いていた。

少女を羽交い絞めにしたまま、脚を高く振り抜き、狼の魔物の横面を蹴り飛ばした。


ギャイイイインッ⁉


魔物は悲鳴を上げ、地面に激突。

衝撃で角も折れ、そのまま動かなくなった。

「ふむ。良く脚が上がるな――っと……！」

この女性の体の柔軟性は、男性の体の時にはなかったものだ。

が、その事に感心した所で、アデルは少々姿勢を崩し前につんのめってしまう。

羽交い絞めをしていた少女に、抜けられてしまったからだ。

『錬気収束法』による気の収束点を蹴り足に移したため、腕の力は弱まってしまったのだ。

腕と蹴り足に収束点を分けても良かったが、収束点を増やせば増やす程に増幅の度合いは弱まる。もし全身に散りばめれば、常人の域を出ない程度にしかならないだろう。

それでも筋骨隆々の巨漢の男程度にはなるだろうが、所詮それまでである。

『錬気収束法』は一点集中が基本。

今は相手が良く分からなかったため、基本の一点集中を行った、という事である。

「す、凄い、蹴り一発で……⁉　あ、ありがとう」

「いや、礼には及ばん。私が手出ししなければ、君が倒せていたはずだ。それよりも、これで私があいつらに襲われていたわけではないと理解頂けただろうか……？」

「そ、そうだね。ごめんなさい……」

と、少女は他の面々の方を見て――

「確か未開領域と言っていたな。だから魔物が……っ！」

マッシュは曲剣で二、三度魔物の角を受け流してから、その喉笛を綺麗に斬り裂き、仕留めていた。流石だと言っていいだろう。

そして飛び出して来た魔物はもう一体。

「「うあああぁぁぁぁぁ～～～⁉　助けてくれえええぇぇぇ！」」

奴隷達は驚いて逃げ惑っていた。

それを見て、少女は呆れたような声を出す。

「あなたの方が強いのに、乱暴される謂われもないよね……はっ⁉　じゃ、じゃあ自分の意思で……乱……っ⁉　い、一体何対一の……っ⁉」

少女は何かよからぬ想像を巡らせている様子だが――

「いやいや、違う！　私は単に水浴びをだな……！」

そんなアデルの元に、マッシュから何かが投げ渡される。

アデルの上の服だった。

「いい加減上を着てくれ、アデルッ！　所構わず裸になるから、余計な誤解を招く事になるんだぞ⁉」

「ああ、済まんな。気を付ける」

「それから、術法を使いたい！　あいつらを助けてやらないと、頼む……！」

アデルは上を着ながら応じる。

「よし、任せろ！」

影の中で眠るケルベロスと同調し、聖域を展開する。

聖域が展開され周囲が神滓に満ちる感覚は、術法の使い手ならば誰もが感じ取れることである。

少女もそれに、敏感に反応していた。

「聖域⁉　じゃ、じゃあああなたは聖女様っ⁉」

マッシュが後ろで炎の術法で魔物を仕留め、奴隷達を救っている中――

少女は素っ頓狂な声を上げ、その場に跪くと深々と頭を下げた。

「し、しししし失礼しましたあぁぁぁぁぁっ！　聖女様とその護衛騎士や従者の方々とは知らず、とんだご無礼を……！　ど、どうかお許し下さい……！」

その態度には、アデルの方が驚いてしまったが。

「な、なるほどな……そういう事になってしまうのか」

聖女の社会的な立場は高い。とても高い。

王侯貴族に並ぶと言っていい。一介の騎士と比較すれば、こうにもなるのだろう。

聖女は神獣と心を通わせ神滓に満ちる聖域を生み出し、術法を使った戦いや、技術研究に不可欠な存在となる――

だけでなく、もっと大きな、全世界の人々に対する役割がある。

それは、聖塔に力を注ぎ、土地を清めて人の住める状態を維持する事、だ。

聖塔教団が、聖塔教団と言う名であることの所以だ。

聖塔とその祝福を受けない土地からは、瘴気が湧き魔物が生み出される。

先程襲ってきた角の生えた狼達もその一つだ。

この少女はここを未開領域と言っていたが、未開領域とはつまり、聖塔の祝福が及んでいない土地の事を指す。

ウェンディール王国のような内地はその割合は少ないが、基本的には聖塔教団の総本山アルダーフォートにある中央聖塔から離れて辺境部に行けば行くほど、聖塔の数は減り未開領域は多くなる。

基本的に、人々は聖塔に守られた土地でしか暮らせない。

今でも徐々に徐々に、未開領域の魔物を排除し聖塔を打ち建て、人間の生活領域を広げる開拓が行われている。

聖塔教団と聖女の歴史は、人々が女神から授かった中央聖塔から、少しずつその勢力と生息域を広げてきた過程でもある。

神獣の力を借りて人々の生活の根幹を成す聖塔の建立、維持を為す役目を持ったため、聖女は尊敬され社会的な地位も高い。

聖域による術法などの戦いのための業は、本来的には未開領域に踏み込む際に自分達の身を守るためのものだ。

特にウェンディール王国の場合は、領内に聖塔教団の総本山アルダーフォートが存在し、いわばお膝元。特に聖女や教団の威光は強い。

ただアデルの場合は、正式な聖女ではない。

聖女とは神獣と盟約する力を持ち、聖塔教団にそれを認められた者のみに許される肩書だ。

「取りあえず頭を上げてくれ。私は聖女ではないのでな。そのように畏まる必要はない」

「え……？　でも今、聖域を展開されていますよね？　それは聖女様のお力でしょう？」

「力はあれども、聖塔教団の認定を受けたわけではないし、そのつもりもない」

自分の力は、それがどんなものであれ、ユーフィニア姫のためにある。

正式に聖女の認定を受ければ、それは聖塔教団の課す聖女の義務をも負う事になる。

自分が忠誠を尽くすのは姫に対してだけであり、聖塔教団のために働く気などない。

「は、はあ、勿体ないですね……せっかくそれだけのお力をお持ちなのに」

「と、言うわけで改めて言うが私に畏まる必要はない。普通に話してくれ」

「は、はい……いや、うん……わ、分かった」

「私はアデル・アスタール。君は？　ウェンディール王国の騎士のようだが……？」

「あ、あたしはメルル。メルル・セディスよ、よろしくね？」

「何っ……⁉　メルル・セディスだと……⁉」

メルルの名を聞き、アデルは思わず声を上げていた。

「知っているのか？　アデル？」

「い、いや……聞き覚えがあるような気がしてな」

はぐらかしたが、覚えがある程度ではない。

メルル・セディスはアデルの先代の、ユーフィニア姫の護衛騎士だ。

アデルが姫に拾われる前に亡くなってしまったと、ユーフィニア姫から聞いた事がある。

姫はその事をとても悔いており、ゆえにその後継のアデルの事をとても大切にしてくれたのだ。

何度か姫からメルルの思い出話を聞かされた事がある。

とても仲は良かったらしく、嬉しそうに語る様子に、少々嫉妬を覚えたものだ。

無論、顔を合わせるのは初めてだが、アデルにとっては護衛騎士の先輩にあたる。

メルル先輩だ。

「え……？　あたしってそんな有名なの……？　うーんでも、いい噂じゃない気がするなあ。王宮じゃヘマしてばっかりだし」

「いや、聞き違いかも知れん、気にしないでくれ。それより、こちらはマッシュ。私の仲間だ、見た目は恐ろしいかも知れんが、話してみればいい奴だ」

「よ、よろしく。お嬢さん」

「こちらこそ、何か勘違いしちゃってごめんなさい」

「それで、奴等は……その、何だ？」

と、アデルはマッシュに顔を向ける。

何と説明するのが良いだろうか。

湖に沈んだナヴァラの移動式コロシアムの事を説明してもいいが、中々込み入った話になるし、聖塔教団の暗部を晒す事にもなる。

ともすれば聖塔教団の批判にも繋がるため、いくら相手が護衛騎士の先輩で信頼に足るメルルだとは言え、少々言いづらい。

マッシュも思案するような顔になりつつ――

「一応俺達の子分と言うか、いや決して山賊ではなく、ええと……そうだ、傭兵！　俺達は旅の傭兵でな。今はこの未開領域で、こいつらの訓練をしていたんだ。未開領域は訓練にちょうどいいだろう？　聖域を展開できるアデルがいてくれれば、決して無茶と言うわけでもない」

と、その場で考えたにしては中々よく出来た説明をするマッシュに、メルルも納得したようだ。

「傭兵かあ……なるほど。ここの未開領域は聖女様や騎士団の訓練のためにあえて残している場所だし、傭兵団が訓練に使ってもまあ、バチは当たらないよね」

「メルル、そういう君は一人で訓練か？　いくら王宮の騎士でも、一人では危険ではないか？　それに君はユーフィニア姫にお仕えする身では……？」

メルルはユーフィニア姫の護衛騎士のはず。

それが姫の元を離れて、こんな所で何をやっているのか。

あまり皆まで言うと怪しまれそうなので、軽く触れる程度に尋ねる。

「えぇっ!?　よ、よく知ってるね!?　ホントにあたし有名なのかな……!?　でもそうなの、て言うかそうなる予定。ユーフィニア姫様がね、正式に聖女の認定を受けられたらあたしを護衛騎士にしたいって言って下さって……でもあたしの家って騎士とか貴族じゃなくて商人だから……ね？」

メルルの表情が少し曇る。

あまり言葉に出すわけには行かないが、王宮では平民出身である事を目の敵にされ、様々に嫌がらせを受けたのだろう。

ユーフィニア姫は無暗に出自を気にするような人ではないが、周囲はそうではない。なおさらましてメルルが聖女の認定を受ける姫の護衛騎士に取り立てられるとなれば、そのやっかみは強いものとなる。

「ふむ。つまり姫が正式な聖女となり、君が護衛騎士に取り立てられてしまう前に亡き者にしようと無理難題を……」

理由については定かではないが、メルルはアデルが姫に救ってもらう頃には亡くなっているのだ。

その予定が今であっても不思議ではない。

「い、いやそんな事ないよ……！　あたしがどん臭いから本隊とはぐれちゃっただけで……！　そんなことは！」

メルルはぶんぶんと首を振る。

だがその表情は深刻そうで、随分青ざめてもいた。

思い当たるふしがないわけでもない、という事だろうか。

「本隊？　魔物の討伐隊だろうか？」

「うん……ほら、さっきのホーンウルフがいたでしょ？　あれの突然変異体のクィーンが生まれちゃったみたいで、人里まで飛び出して行きかねないから討伐隊が組まれたんだよ。

で、あたしもそれに参加してたんだけど……」

「なるほど。変異体の魔物がな……」

変異体の魔物は通常のそれよりも並外れて巨大、狂暴、そして強力である。

通常の魔物であれば、未開領域から踏み出してくる心配は無い。

が、変異体となれば話は違ってくる。

余りに強力な個体になると、未開領域を踏み越え、聖塔を破壊してしまうような場合もある。そうなるとその周辺一帯が新たな未開領域となってしまうわけだ。

人と魔物との陣取り合戦は、休むこと無く常に行われているものである。

「マッシュ」

アデルはマッシュの名を呼び、視線を送る。

それでアデルの意図は察してくれたようで、マッシュは頷き返してくる。

いずれにせよ今のメルルの状況は危険だし、ここは手助けをしたいという事だ。

メルル自体がアデルにとっては敬意を払うべき先輩であるし、メルルを助ける事は何よりユーフィニア姫が喜ぶ。

姫をメルルを失う悲しみから救う。それはとてもとても大事な事だと判断する。

そしてこの場でメルルに出会えたことは、ユーフィニア姫の元に最短で馳せ参じる手段であるようにも思う。

「メルル、提案がある」

「え……何？」

「私達を雇（やと）って貰（もら）えないだろうか？　私達は傭兵。報酬（ほうしゅう）を頂ければ、変異体を討伐する君の助太刀（すけだち）をしよう」

「協力してくれるの!?　それは助かるけど……あたし、お金なんて持ってないよ？　後払（あとばら）いでいいなら、実家に掛（か）け合ってみるけど」

「後払いは結構だが、欲しいのは金ではない」

　アデルはおもむろに首を振る。

「え？　じゃあ何？」

「ユーフィニア姫に会わせて頂けるよう、口を利（き）いて欲しい。我々もいつまでも傭兵を続ける気はないのでな。気高く、偉（えら）ぶらず、お優（やさ）しく、その太陽のような温かさで全（すべ）てを包み込んで下さるようなあの方に是非（ぜひ）ともお仕えしたいのだ。この世界にあの方以外に、私の主は存在せん……！」

　アデルが熱を込めてメルルに訴（うった）えると、メルルは納得が行ったようにぽんと手を打つ。

「そっか！　何か妙（みょう）に詳（くわ）しいと思ったら、熱烈（ねつれつ）な姫様（ひめさま）ファンなんだね、アデルって！」

「そう捉えて頂いて結構だ。私以上に姫様をお慕いする者はおらん」

アデルは自信満々に胸を反らす。豊かな胸がそれに付き添って揺れていた。

「いやいや、あたしだって負けてないよ！　姫様ってすっごく可愛いし、上品で賢くて、それに優しいから！　あたしだって大好きだよ、姫様の事」

メルルも負けじと胸を反らしていた。

そちらの方も、アデルに負けじと揺れている。

「……気が合うではないか」

「ふふっ、そうだね……！　納得行ったよ、あたしも姫様が街にお出でになる時に護衛に就いたりしてるから、それでアデルはあたしの事知ってたんだね……」

それはまあ勘違いだが、納得してくれるのであればそれでいい。

「あたしで良ければ、話はしてみる……！　アデルは非公認でも聖女だから、騎士の給料で聖女を使えるわけだし、それって絶対経済的だよね！」

「おお……なるほどそれは盲点だったな。その点を主張すれば仕官の際に有利に働きそうではある……！」

アデルは感心してぽんと手を打つ。

「確かにな、計算上手だな、メルルは」

マッシュも唸っていた。

「ま、商売人の家の娘だからね？　つい金勘定しちゃう所はあるよね～。それにアデルもお城に来てくれるなら心強いよ、同じ姫様ファンとして、仲良くやれそうだし！」

メルルはそう言ってニコッと笑顔になる。

表情豊かで、愛嬌のある立ち振る舞い。

少々緊張がほぐれて、これが本来の彼女なのだろう。

「勿論だ。では契約成立だ、よろしく頼む……！」

「うん、こっちこそ！」

アデルとメルルはがっちりと握手を交わし――

そしてアデルは、静かにフフッと笑みを漏らす。

「……そして済まん、変異体の討伐は終了したようだ」

「え……!?　ど、どういう事？　本隊がやっちゃったの……!?」

「アデル、どういう事だ？」

アデルはマッシュに応じる前に、周囲にたむろしている奴隷達――今は便宜上傭兵団の部下の傭兵達に呼びかける。

「お前達、これから少々派手な戦いになるぞ！　巻き込まれたくなければ離れていろ！」

アデルは自分の左後方を指差す。一応、敵が迫ってくる方向とは逆方向だ。

「「へ、へいいぃいっ！」」

「「死にたくねえええぇ！」」

「お、おい泉の中に逃げるのもいいんじゃねえか」

「そ、そうだな！　よし――――っ！　ゴボボボボォォッ！　フィ、フィッシャー、助け……！　し、死ぬううゥゥ……！」

「自分で飛び込んどいて死にかけてんじゃねえぞアホが……！」

その騒ぎを見てメルルはこれ以上ないくらい呆れていた。

「あ、あいつらほんとに傭兵……？　今までどうやって生きてきたの？」

「「…………」」

アデルとマッシュとしても返す言葉はない。

あれでもナヴァラの移動式コロシアムにいた者達だ。

それなりに戦える筈は筈であるが、今は少々相手が悪い。

「それよりも、来るぞ！」

アデルは右前方を指差す。

と、同時に――

ドガアアァァァンッ！


巨大な轟音と共に、森の草木を弾き飛ばして何かが地中からせり上がってきた。

黒く輝く宝石のような光沢のある、巨大な甲羅。

そこから伸びる首も硬そうな鱗に覆われ、厳めしい顔つきには強烈な威圧感がある。

体や甲羅のあちこちに、ホーンウルフなど目ではない鋭利な衝角が配置されている。

長い尾は二股に分かれており、どちらもその先は蛇頭のようになっている。

黒光りする甲羅を持つ、蛇の頭のような尾を持つ巨大な亀。見覚えはある。あり過ぎる。

「！　玄武だ……！」

「な、な、何なのよこのでっかいのは……!?　け、ケタ外れだよ……!?　変異体なんかよ
り……！　って、あああぁぁっ！　ホーンウルフのクィーンがっ!?」

メルルが指差したのは、姿を現した玄武の口元だ。

そこには巨大、強靭な顎に挟まれ虫の息となっている、狼の魔物の姿が。

先程アデル達が撃退したそれよりも、何倍も大きい。

それをこの玄武は、一噛みに出来る程の巨大さなのである。

「労せず討伐完了だ。良かったな、メルル！　だが約束は守って貰うぞ……！」

「いやいやいや、そんな事よりあの魔物……！　ヤバいよあんなの！」

「間違えているな。あれは魔物ではない。瘴気は感じんだろう？」

「えっ⁉　あ、そ、そっか確かに……！　じゃああれは……」

「神獣か……！」

　マッシュの言う通りである。

　こんな事を言っては失礼だが、神獣も魔物も人の姿をしていないという点では同じである。両者を分けるのは、神獣は人に神滓の祝福を与え、魔物は瘴気を纏い人を滅ぼすという事だ。

　神獣が人にとって助けとなる存在であるのは、お互いが古の女神の生み出した存在だから。魔物は女神の創造物でなく、邪神が生み出したものだから。

　お互いの母なるものの違いである。

「だが、こんな所で神獣が襲ってくるとなると……」

　マッシュが警戒感を露にする。

「ああ、奴だ。玄武は奴の忠実な配下だ……！」

　エルシエルの四神と呼ばれていた、彼女の片腕たる強力な神獣達だ。

アデルはエルシエルがケルベロスを操っていた記憶はないが、この玄武をはじめとした四神はよく覚えている。

ユーフィニア姫が亡くなったあの時、姫が滞在していた旧ウェンディール領のシィデルの街を崩壊させたのもこの神獣達だからだ。その後アデルがエルシエルを討った時も、最後まで彼女を守り続けてアデルの前に立ちはだかってきた。

アデルとしては、エルシエルと言えばこの四神がとにかく印象深い。

「や、奴……？　何それ、コレ襲ってくるの……⁉　神獣だったら無駄に人を襲ったりしないでしょ⁉」

「あれの飼い主が、明確に私達を消しに来ていなければな！　それに、この玄武から魔物の死体を奪わねば、討伐完了の証にはならん……！」

「な、何か任務の難易度が跳ね上がってる気がするんですけど……っ⁉」

「まだ来るぞ、上だ……！」

アデルがそう言うと同時に、頭上に大きな影が差す。

玄武に比べれば遥かに小さいが、数人は優に運べそうな大きな体だ。

「ヒッポグリフか！　とても動きの素早い神獣だぞ……！」

マッシュの言う通りである。

空にいる神獣は前半身が鷲、後半身が馬のようになっており——

そしてその背には、凛と引き締まった顔つきの、薄紫色の髪の女性の姿が。

「ようやくお出ましか……そうでなくてはな……！」

エルシエルはコロシアムを破壊されてむざむざ黙っているような性質ではない。

中にいた者達を退避させるために時間を使ったのだろう。

が、その後きっちり報復に出てきた。その攻撃性が逆に好都合だ。

「エルシエルを前にして、本当に勇ましいな、アデルは……俺も勇気が出るよ……！」

「あ、あたしは出ないんですけどおおぉぉぉっ!?　そうだよ、あれ大聖女エルシエル様じゃん……！　前にちらっとだけお見かけしたことあるもん！　そ、そんな方と戦おうって、大聖女殺し……っ!?　あわわわ……ま、まずいよそんなの……！」

「見ての通り、仕掛けようとしているのはあちらだ……！　我々は公務を果たすために変異体の討伐完了の証を得たいだけ……これは正当防衛だ！」

「で、ででででもさぁ……！」

「なぁに、都合のいい事にここは未開領域だ！　倒して埋めて、後は知らぬ存ぜぬを通せばいいッ！」

「狂暴だな、アデル……！」

ギュアアアアアアアアアァァァンッ！

玄武がこちらを威嚇するように咆哮し、巨木のような足で地面を踏み鳴らした。

それだけで地面が揺れて、アデルやメルルの軽い体は少々浮いてしまう。

「ひ、ひいいいぃいぃいぃいっ⁉」

「に、逃げろおぉおぉお！　喰われちまうぞっ！」

「こ、これ以上どこに逃げるんだよ……もう水の中まで！」

「も、潜れえぇえぇえっ！　もっと深くだよ……！」

「ガボォォッ⁉　い、息が出来ねえ……！　死ぬううぅうぅうっ⁉」

早くしないと、何もしなくても死人が出かねない。

「あははは、あたしもちょーっとあいつらに賛成かな……一緒に避難しててい？」

「いやメルルは私から離れるな……！　心配はいらない！　君の事は必ず守って見せる！

大切な人だからな……！」

「う、うん……！　アデルが聖女なのにあたしが守って貰うのも何か変だけど、ね？」

聖女と護衛騎士の関係は、護衛騎士が聖女の身を守るために命を懸けるものだから。

「気にするな、私はモグリの聖女だからな。だが力の方は……！　待たせた、出ろ！　ケルベロスっ！」

先程から身体の内のケルベロスが、早く出せと語りかけてくるのだ。

玄武の接近や、変異体が倒されていそうな気配を教えてくれたのもケルベロスだった。

だからアデルは、状況を先読みすることが出来たのだった。


ウオオオオォォォォォオンッ！


さすがに玄武より体は小さいが、それでも威風堂々。

かなり傷の回復が進んだ様子のケルベロスが、アデルの影の中から生まれた光輪の中から姿を現した。

「おおおおぉぉぉ～！　凄い！　強そうじゃん……！」

「かなり傷も癒えたようだな」

メルルとマッシュがケルベロスを見て声を上げる。

『アデルよ。あの玄武は我が相手をしてやろう……！　そなたはエルシエルを討つがいい！』

「エルシエルの四神は手強いぞ!?　一人で大丈夫か……!?」

『誰に向かって物を言っている！　奴等は強力でこそあれど、我等神獣の世界では、眷属も一族も持たぬはぐれ物……一族の看板を背負う我が、いつまでも後れを取るわけにはいかん』

「なるほど、お前をあれ程傷つけたのは……」

『ああ、奴だ。断っておくが、一対一ではないぞ……！　一対一なら負けはせん』

「なるほどな……では信じるぞ。マッシュ、メルル！　このケルベロスが玄武を抑えてくれるそうだ……！　私達はエルシエルを討つぞ……！」

「よし、分かった！」

「う、うん……！」

二人が頷いた直後――

ギュアアアアアアアンッ！　ウオオオォォォンッ！

二体の神獣が咆哮を上げ、巨体を揺るがすぶつかり合いが始まる。

その巻き添えに遭ってはかなわない。

「私達はこちらだ！」

距離を取りつつ、エルシエルの乗るヒッポグリフを狙う。

「エルシエル……！　ここで会ったが百年目というやつだ！　こんな人里離れた未開領域で襲われるのは、むしろ好都合！　命は置いていって貰うぞ……！」

不敵な笑みを見せるアデルに、エルシエルは冷淡に応じる。

「私はお前など知らぬ……が、罪は償って貰うぞ」

「貴様に覚えが無くとも、私は貴様の罪深さを知っているのでな……！　そちらこそこれ以上罪を重ねる前に、葬り去ってやろう……！」

「アデルはそう言うが、すでにお前の罪はあるッ！　ナヴァラの移動式コロシアムでの出来事を、俺達は忘れない！　死んでいった仲間達の仇は取らせてもらう！」

「あれは己の探求心のために全てを捨てた愚者の遊戯の結果……確かにそれを利用したのも事実だが……無為な事ではない。全てはお前達の世界を広げるため、まだ見ぬ地の果てに辿り着くためだ」

「どんな高尚な目的かは知らないが、もうあそこで死んだ奴らは帰って来ないんだ！　誰かが責任を取るべきだ……！」

「それが貴様だ、エルシエルッ！」

「ならば互いに為すべきことは一つだな」

エルシエルがそう言って、会話を切り捨てる。

あちらの言う通り、これ以上の言葉は不要。命を取り合うのみだ。

「マッシュ！　狙えるか⁉」

アデルの火蜥蜴の尾を伸ばしても、距離がかなりあるのでそれ程の攻撃力は出ない。

火蜥蜴の尾は長く伸ばせば伸ばす程、炎の刃自体の攻撃力は落ちていく。

となれば、マッシュの術法に頼るのがいい。

マッシュに撃ち落として貰い、それをアデルが斬って仕留めるのだ。

今のアデルには時を遡る前の力や強力な術具は無いが、神獣や聖域やマッシュ達の力を合わせれば、それに並ぶ事も不可能ではない。

「やってみるさ……！　行けぇえっ！」


クオオォォオンッ！


マッシュの両手の先に炎の鳥が生成される。

「術印……で火炎鳥の術法⁉　しかも大きい……！　凄いね、マッシュも！」

「ありがとう。だが通じるかは、また別だな……！」

マッシュは炎の鳥の行方に目を向ける。

炎の鳥はエルシエルの乗るヒッポグリフに突撃していくが、あちらも素早く動いてその軌道から身をかわす。

炎の鳥は軌道を変更して回り込み、再びヒッポグリフに向かっていこうとするが、ヒッポグリフはそれも回避しつつ――

その背の上のエルシエルが、術印を切るのが見えた。

そしてその掌の先に、猛烈な風の渦のようなものが生成される。

それが炎の鳥を撃ち、お互いの威力が相殺されて見る見る小さくなっていく。

「何っ……!?」

「術法を使っただと!?」

「えええっ!?　聖域を展開しているのに……っ!?」

アデルとしても、エルシエルが術法を行使するのは初めて見た。

メルルの言った通り、聖域を展開している聖女は、その聖域を利用して術法を使う事は出来ない。聖域の維持に手一杯になるからだ。

エルシエルは今、玄武とヒッポグリフを召喚している。

神獣を召喚しているという事は、同時に聖域も展開されている事だ。

それは間違いない。エルシエルは聖域を維持しつつ、術法を使っている。

大聖女の、エルシエルの力は、そういった常識を覆す程のものなのだろうか。

確かに強大な力を持った敵なのは、実際に戦って仕留めたアデルが一番よく知っている。

ただ、時を遡る前に知る限りでは、使っていたことのない技術なのが気になるが。

「このままでは、当てられないな……！　メルル！　手を貸してくれないか！」

「頼む！　私ではあの位置に攻撃が届かん……！」

「……分かった！　任せて！　付与術法！　我が身体に炎の力を……ッ！」

メルルの体が、紅い炎の色に輝き始める。

自分自身の力を増す、付与系統の術法だ。

メルルはこういう術法が得意なのかも知れない。

「そしてええええ……！」

メルルは得物の槍を片手で掲げ、半身になって肩を引き、投擲の姿勢を取る。

「いっけえええええええ！」

気合いと共に、槍をヒッポグリフ目がけて投擲する。

強化された筋力によって放たれた槍は唸りを上げ、空中のヒッポグリフに向けて一直線

に突き進んで行く。

「「おおぉっ！」」

その迫力は、アデルとマッシュも感心した程だ。

「うわすごっ⁉」

投げ槍をしたメルル自身も何故か吃驚していた。

「そうか、アデルの聖域が凄く強いから……！　きっと姫様にも負けてないね……！」

「そ、そうなのか？」

マッシュもそんな事を言っていた気がするが、アデル自身には良く分からない。

元々二人のような術法使いではなく、仕組みの全く異なる気の術法を使って戦っていたため、聖域を使う側の視点には詳しくないのだ。

「いいぞ、そのまま当たれっ！」

マッシュが空を突き進む槍に声援を送り――

だが寸前の所で、ヒッポグリフは旋回して槍を避けてしまう。

槍はそのまま遠くに飛んで行き、森の中に墜ちてしまう。

あれでは捜すのは一苦労だ。

「外れたか！」

「惜しいな……！　いい線だったんだが……！　なら別の手は……！」

アデルとマッシュは悔しがるが、メルルは平気な顔をしていた。

「ううん……！　ならもう一回やるだけ……ッ！」

メルルが手を掲げると、そこに森の中から槍が飛来し、戻って来た。

「戻って来た……!?」

「なるほど、それがその術具の機能か……！」

確かにいきなり武器を投擲するのは大胆な行動ではある。

自分の得物を失うという諸刃の剣になりかねない。

これがあるから、メルルは最初からそういう行動に出られたのだ。

「うん！　風妖精の投槍……！　風の術具だよ！」

見た所神滓結晶を使った高級品。貴術具の範疇に入るだろう。

メルルは言いながらもう一度、投げ槍を振りかぶっている。

ビュウウゥウンッ！

再び空に舞い上がっていく風妖精の投槍。

「ならばこちらも……っ！」

マッシュもエルシエルの術法と相殺されてしまった炎の鳥を再び放つ。


クオオォォォンッ！


炎の鳥と、風妖精の投槍の連携。

エルシエルはヒッポグリフの機動性と風の術法でそれを凌いでいく。

だが次第に、メルルの投げる風妖精の投槍が惜しい所を掠め始める。

メルル自身が、ヒッポグリフの動きに慣れてきたからだ。

「よし……！　そこだあああぁぁぁっ！」

その一投は、ヒッポグリフの飛行軌道を正確に先読みし――

完全にその胴体に突き刺さる軌道だった。

が――

エルシエルは既に炎の鳥にぶつけている術法の風の渦をもう一つ生み出し、空を突き進んで来る風妖精の投槍に浴びせ掛けた。

右手の先と左手の先と、同時に二つの風の渦を操る形だ。

「「二重詠唱……っ!?」」

術法を行使する技術においては、奥義とも言えるような高等技術であると聞いた事がある。

マッシュやメルルにとっても認識は同じらしく、驚きの声を上げている。

「奴は一体、何者なんだ……!?」

「せ、聖女様が術法使って、しかも二重詠唱だなんて……!?」

「何者だろうと構わんッ！」

そんな事より重要な事は――

あれが将来ユーフィニア姫を害する事になる、絶対的な抹殺対象だという事！

そしてそれが、動きを切り替えて急降下して来るという事！

エルシエルとしては、玄武がケルベロスを倒すのを待っていたのだろう。

だがメルルからの攻撃が無視できぬ鋭さになってきたため、その出所を潰しに出てきたのだ。

それを待っていた！　マッシュとメルルに感謝をせねばならない。

「……！　メルル！　降りてくるぞ、避けろ……ッ！」

マッシュが声を上げる。

ヒッポグリフは嘴を突き出すようにして、メルルに向かって急降下してくる。

普通の人間がそれを受ければ、身体を貫かれて即死だ。

威力に耐えられず、身体が上下二つに壊されてしまう事もありうる。

「いや、その必要はない。メルルは私の後ろにいろ！」

アデルはメルルの前に立ち、ヒッポグリフの突撃に臨む。

「アデルっ⁉」

「必ず守ると言っただろう？　ここで後顧の憂いは断つッ！」

アデルは腰を落として踏ん張りながら、火蜥蜴の尾を突き出す姿勢を取る。


キュオオオォォォォッ！


唸りを上げるヒッポグリフの突撃をギリギリまで引きつけ、そして――

「くたばれえええええぇぇぇぇッ！」

ズゴオオオオオオオオォォォォッ！

繰り出した火蜥蜴の尾の突きは、膨大に膨れ上がる青い炎の刃と化していた。最早刃というよりも、火柱が横に奔るような形だ。

それはヒッポグリフと、その背に乗るエルシエルを丸ごと飲み込んで――

あっという間に焼き尽くし、炭化させていく。

「お……おおおぉぉぉぉ……⁉　な、何者……だ……っ⁉」

エルシエルの悲鳴。

ヒッポグリフは炭化して、消滅していく。

「……さあな。今更名乗る意味もあるまい」

「だが貴様は覚えた……ぞ……！　次は……他の者達に――」

「……⁉」

何か繋がる者がいるというのか。そういう口ぶりのように思える。

だとすれば――

「ふん……むしろ好都合、探す手間が省けるというものだ」

エルシエルの一味とはつまり、ユーフィニア姫に仇為す者達の一味である。

そんなもの、根絶やしにせざるを得ないだろう。

アデルがそうエルシエルに応じた時――

既にそこには、物言わぬ焼け焦げた亡骸が転がっているだけだった。

「ふう……よし、これで心置きなくユーフィニア姫様の元に……」

アデルは立ち眩みを感じ、その場に膝をついてしまう。

「アデル……！　大丈夫か⁉」

「ど、どっか痛いの⁉　どこ？」

「いや、傷はない。ただ、『気』を使い過ぎて疲労しただけだ……」

『気』は時間を掛けて蓄積し、一気に威力を高める使い方もできる。

今アデルは、マッシュとメルルがエルシエルを攻撃してくれている間『錬気増幅法』の気を貯め続け、一撃でエルシエルを屠れる程に威力を引き上げたのだ。

マッシュとメルルがいてくれてこその戦法だった。

だが殆どの気を一撃に込めたため、意識が朦朧とするほどの疲労感がアデルを襲っていた。

「済まないが後は頼む。もう危険は少ないだろう……」

エルシエルの死亡と共に、玄武も姿を消していた。

『よくやったぞ、アデルよ！　玄武の奴も尻尾を巻いて逃げて行きおったわ……！』

喜んでこちらに駆けて来たケルベロスの姿も、半透明になって、アデルの影に吸い込まれるように消えていく。

もうこちらの勝利だと言っていいだろう。

ユーフィニア姫の命を奪った直接の原因の一つを、排除できた。

だがあくまで一つだ。

北国同盟の盟主たるトーラスト帝国の狂皇トリスタンをはじめ、今後ユーフィニア姫を害すると思われる者達はまだまだ存在している。

エルシエルがここで死亡した事によって、未来はアデルの知るものとは違ってくるはずだが、逆に不測の事態が起きる可能性もある。

何はともあれ、ユーフィニア姫の元に早く馳せ参じるべきだろう。

まずは第一歩、である。とても良かった。

アデルの意識はそのまま、心地良く途切れていった。

ウェンディール王国、王都ウェルナ。

他の四大国の王都や、ここに近い聖塔教団の総本山である直轄都市アルダーフォートに比べれば一段落ちるとも言われる。が、それでも活気があり賑やかな都市である。

人々の認識の中では、この地域の中心部は中央聖塔の存在するアルダーフォートであって、王都ウェルナはその衛星都市のようなものだ。

アルダーフォートへの巡礼路で、一番大きな宿場町、観光地。そんな位置づけだ。

別名『花の街』とも言われ、アルダーフォートへと続く巡礼路は特に美しく鮮やかな花に彩られている。

その光景がこの街の大きな観光資源となり、巡礼に向かう旅人はそれを堪能するためにこの街で足を止め、宿を取っていく。

アルダーフォートが近くにあるがゆえの、人々の営みである。

そしてその関係性は、聖塔教団とウェンディール王国との関係をも如実に示すものでもある。

四方八方を勢力において数倍の規模を誇る四大国に囲まれたウェンディール王国は、これ以上の拡張や隆盛を望むべくもなく、世界最大の権威である聖塔教団の威光を借りなければ生き永らえる事は出来ない。

ウェンディール王国に手出しをすれば、聖塔教団による非難を免れ得ず国際的な立場を失い、それが他の四大国が付け入る隙となってしまう。

そういう状況を維持するのがウェンディール王国にとって重要な命題である。

時を遡る前は、そうする事が叶わずに、ウェンディール王国は一度滅亡してしまった。

この王都ウェルナも廃墟のようになってしまった。

そして大戦が終結し、ウェンディール王国が再興した時、そこにユーフィニア姫の姿はなかった。

今度は、そうしてはならない。ユーフィニア姫の幸福な人生のために。

そんな思いを胸の内に秘めながら、アデルは王都の市街地を城へと進んだ。

道は当然覚えている。ユーフィニア姫の護衛騎士として、ここで何年も過ごしたから。

だが、街の光景をこの目で見るのは初めてだった。

時を遡る前のアデルは盲目だったから。

街の賑わいや花の匂いは懐かしく、その光景は感動を覚える程に新鮮。

そんな不思議な感覚だった。

「アデルは、この街は初めてではないんだよな？」

「ああ。懐かしいが、新鮮だな……こんな美しい街だとは知らなかったよ」

幌馬車の中から沿道の花を見て、アデルは目を細めている。

「？」

その言葉は、少々要領を得ない。マッシュもメルルも首を傾げて――

「ヒャハハハハハッ！　花がキレイだぜぇぇぇッ！」

「おいおいおい、これならどこでも花見が出来ちまうなぁぁぁぁ！」

「よっしゃあぁぁっ！　酒だ酒だ！　酒持って来い……！」

「飲むなッ！」

はしゃぐ男達に雷を落としていた。

「これから王城に参上するんだぞ……！　控えておけ！」

「あんま大声出して騒がないの！　他の巡礼者さん達が怖がっちゃうでしょ！」

マッシュが彼らの保護者代わりなのはいつもの事だが、メルルもここ数日で扱いに慣れ始めているようだ。

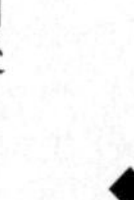

数時間後――

アデルとマッシュはメルルに連れられて、王城内の謁見の間の前に立っていた。

さすがに部下達は王城の中庭に置いてきた。

彼等の雇用に関して話をするのは、まず自分達が話を通してからだ。

「だ、大丈夫だといいが……」

マッシュはかなり緊張している様子である。

城内ではフードを被って顔を隠し、小さくなって縮こまっていた。

無用な騒ぎを避けるための事だが、謁見の際に顔を隠し続けるわけにはいかない。

それでどんな反応が返ってくるかが不安なようだ。

「大丈夫だよ、あたしがちゃんとマッシュは悪い人じゃないって説明するし、少なくとも姫様はきっと分かって下さるから……」

「あ、ああ。本当に頼むな？」

アデルとしては、申し訳ないがマッシュを気遣う余裕がない。

胸の高鳴りが抑えられない。

この扉を一枚隔てた所に、忠誠を捧げるべき自分の主が、ユーフィニア姫が。

ようやく帰って来た。自分のいるべき場所、在るべき場所に……！

しかもアデルはユーフィニア姫の声こそ間近で聞いてきたものの、その顔を直接見た事はない。盲目の剣聖アデルには、それは叶わぬ夢だったのだ。

それが今……！　これが落ち着いていられるだろうか。

「ああ、姫様……今お側に参ります……ッ！」

アデルの瞳はそれはもう宝石のような希望に、キラキラと輝いていた。

「何かこっちは夢見る乙女モードになっちゃってるけど……？」

「ははは、本当だな……いつも勇ましいアデルにしては珍しいな」

「本当に姫様ファンなんだね～。うんうん。可愛いよ、アデル」

メルルはアデルの頭を撫で撫でするが、夢中な様子のアデルは気に留めない。

「ははは。気づかないや、今ならどこ触っても平気かも。どれどれ……」

と、メルルはアデルの胸の膨らみやお尻を突っついたりしてみる。

「あはははっ。ホントに夢中で気づかないや」

「な、何をやっているんだメルル……」

メルルが女性だからいいものの、これを男がやれば大問題である。

「マッシュもやれば？　今ならアデル、気づかないよ？」

「で、出来るわけないだろう……！」

「冗談だよ、冗談。実際にやったらぶっ飛ばすし……アデルって強いけど何か女の子としては隙だらけでしょ？　ちょっとちゃんと見といてあげないとなぁって」

「ああ、それは分かる気がする……確かにメルルが見てあげた方がいいだろうな。俺からも頼むよ、アデルは命の恩人なんだ」

などとマッシュとメルルが話している中——

「メルル殿！　お連れの方々！　お待たせしました、お入り下さい！」

衛兵がそう告げて、謁見の間への扉を開けてくれた。

かなり奥行きのあるその空間を、メルルの後について歩いて行く。

「おお。あれが変異体の魔物を討伐した傭兵団の……」

「何ともまあ、美しい女子ではないか」

「しかも聖女でもあると……」

「なるほど、ならば頷けるが……それにしても、何とも魅力的な……」

中にはアデルにとって聞き覚えのある声や、気配も交ざっていたかも知れないが——

アデルはそんな事には一切お構い無しで、一点だけを見つめていた。

王の玉座の隣に座る、水色のドレスを身に纏った十歳ほどの少女。

両横をリボンでまとめた長い銀髪と、透けるような肌のなめらかさが、遠目からも際立っている。

まるで彼女の周りだけ空気が浄化されていくかのような、そんな清らかな雰囲気に満ちていた。

近づいていくと、その整った淑やかな顔立ちと、可愛らしく宝石のように澄み切った、大きな青い瞳の様子が目に入って来る。

（これがユーフィニア姫様……！　な、何と可愛らしく、清らかな！　想像の通り……いや想像の何倍も、神々しいとさえ言える……！）

今はまだ子供だが、もう四、五年もすればアデルの人生に光を与えてくれたあのユーフィニア姫へと成長し、その姿を見せてくれるはずだ。

その瑞々しい輝きが眩しくて、視線が吸い寄せられるように目が離せない。

胸が高鳴り心が高ぶり、彼女を目にしただけで涙が出てきそうだった。

そしてじっとユーフィニア姫を凝視して進んで行くと――

姫はアデルの視線に気づき、微笑みながら会釈をしてくれた。

「……ッ！」

それでもう駄目だった。

アデルの涙腺は決壊し、涙をぽろぽろ流しながらユーフィニア姫の前に出る事になってしまった。

「どうした？　大丈夫か……!?」

「あ、アデル……!?」

メルルとマッシュが小声で問いかけてくる。

「あ、ああ……どうにもな……すまない」

そう応じながら、王と姫の前に跪くのがやっとだった。

「だ、大丈夫ですか？」

そんなアデルを心配したのか、姫は玉座を立って目の前まで降りて来た。

「は、ははっ……！　恥ずかしながらご尊顔を拝し、感動の至りでして」

「あのう……アデルは姫様のファンらしいんです。だから会って感動しちゃって……」

と、メルルも横から補足してくれる。

「そ、そうですか……少し驚いてしまいました。何か悪い事をしてしまったのかと」

ほっとしたような表情は、とても清らかで一点の曇りもない。

「し、失礼を致しました……！」

姫にとっては、アデルは初対面の人間である。

それが目が合った瞬間いきなり涙を流したのだから、さぞかし驚いただろう。

「どうぞ、こちらをお使いになって下さい」

姫はハンカチを取り出し、アデルにそっと手渡してくれた。

「こ、これは勿体ない……」

「ユーフィニアよ。そろそろ席に戻りなさい」

玉座につく王が、ユーフィニア姫を促した。

「はい、お父様」

姫は素直に頷いて、自分の席に戻って行く。

王はゴホンと咳払いをして、アデル達を見つめる。

「報告は聞いた。メルルよ、討伐隊の本隊から遭難しつつも、任務を果たし帰還した功績は見事である」

「は、はい……ッ！　お褒めにあずかり光栄です！」

「此度の討伐は、ユーフィニアの護衛騎士としてそなたが相応しいかを測る機会でもあった。結果を見れば、それは自ずと明らかになったと言えよう」

「では……！」

「うむ。ユーフィニアが正式な聖女となる儀式を済ませた折には、そなたを護衛騎士とする。これからもユーフィニアのために励んでくれ」

「はいっ！　承知いたしました！」

「メルル、わたくしも嬉しいです。これからもよろしくお願いします」

「勿論ですっ！」

ユーフィニア姫とメルルは、笑顔で頷き合っていた。

「そして、そなたらがメルルに協力してくれた傭兵団の者だな？　名は何と申す？」

「は、アデル・アスタールと申します」

アデルは頭を垂れて、改めて王に挨拶する。

「マッシュ・オーグストに御座います」

アデルに続いてマッシュも名乗る。顔はまだフードで隠したままだ。

「ふむ……？」

と、国王は少々訝しげな顔をする。それは当然の反応でもあるだろう。

「陛下。恐れながら我が人相は少々醜く御座います。この場でこれを露にしてご挨拶させて頂いても構いませんでしょうか？」

マッシュはそう言って、国王の許可を求める。

あらかじめ断っておいた方が心の準備をしてもらえる、という事か。

「構わぬ。そのような事で咎めは致さん」

「では……」

マッシュは被っていたフードを取る。

すると途端に、謁見の間は騒がしくなる。

「何っ……!? 魔物か!?」

「いやしかし、人の言葉を……！」

「とにかく王をお守りするのだ……っ！」

と、剣を抜きかける者もいた。

「お静まり頂きたい……！　私は人間です……！　これは人体を造り替える邪悪な術法実験により、魔物の頭に変えられた結果で……！」

と、釈明するマッシュに助け舟を出す人物が。

「だ、大丈夫です、皆さん……！　わたくしの神獣は、この方は邪悪な者ではないと教えてくれています。ですから心配はありません」

慌てた様子のユーフィニア姫だ。

「姫様……⁉」

「姫様がそうお感じになるなら……」

「害はないのかも知れんが……」

ユーフィニア姫が、聖女としての才能に秀でているのは周知の事実である。

まだ幼いとはいえ、その言葉の意味は重い。

普段から、年齢以上の落ち着いた振る舞いを見せているがゆえの説得力もあるだろう。

「姫の申す通りだ。落ち着くのだ、皆の者。咎めはせぬと申したばかりで、済まぬな。家臣等の無礼を詫びよう」

姫の言葉を受け、王がマッシュに頭を下げた。

「申し訳ありませんでした。どうかお許し下さい」

ユーフィニア姫も、王に続いて深く頭を下げる。

「い、いえ……！　このような姿では、無理もございません。どうかお気になさらず」

マッシュは畏まって、再びその場に跪く。

そうしながら、アデルの方を見て囁いてくる。

「アデルの言う通りの方だな」

「ああ、そうだろう？」

まだ幼いが、既にユーフィニア姫はユーフィニア姫だ。

聡明で淑やかで、心優しいのは記憶の中の彼女のままだ。

「オホン。それで、傭兵団の両名よ。変異体の魔物の討伐は、我が国と国民にとって必要な事……よくぞ協力してくれた。討伐隊の本隊が成果を上げられず仕舞いであったのは遺憾だがな」

国王がアデル達でなく、居並ぶ臣下達にちらりと視線を送る。

その視線に俯く者達が何人か。討伐隊の本隊に関わっていた者達だろう。

「ともあれそなた等の功には、それなりの対価を以て応じるべき。本来のそなた等への依頼料の三倍の額を払おう。それでよいかな？」

王の提案は、とても気前のいい話ではあるが――

生憎とアデルが欲しいのは、お金ではない。

アデルは隣にいるメルルの肩を肘で突いて促す。

「恐れながら国王陛下……！　この者達はお金はいらないと！」

「ほう……？」

「代わりにお役目を……傭兵の立場に甘んじるのは終わりにして、この国のために働きたいと申しております……！」

メルルがそう申し出ると、謁見の間はざわざわとし始める。

「仕官をさせよという事か……!?」

「どこの馬の骨とも知れん者が、我等と同輩だと……」

「いやしかし、腕が立つのは事実ではある……」

賛否両論。というより、否が七割程度だろうか。

「ふむう……」

王の内心は分からないが、臣下達の反応を無視する事も出来ない。

難しい顔で唸っている。

このままでは、会うなりいきなり涙を流す、よく分からない人物としか思って貰えないのも仕方のない所。

ここはしっかりと、自分の価値を売り込まねばならない。

まだまだ、アデルの番はこれからだ。

アデルはさらにメルルを突っついて、話を切り出して貰う。

「陛下、姫様。この者達の申し出は、必ず王国にとって有益なものになるかと思います。何故ならこのアデルは、単なる傭兵ではありません。神獣を召喚し聖域を操る聖女なのです。その力の助けを借りて、変異体の魔物討伐を果たすことが出来ました」

「ほう……⁉　聖女が傭兵団を率いると……？　中々聞かぬ話だな？」

と、国王がアデルに注目の目を向ける。

「よろしければ、証拠をお見せいたします。我が神獣をここに呼び出しても？」

「うむ、そうであるな。興味がある」

「はっ！　ならば……出ろっ！」

アデルの声に呼応して、足元の影の中から光の環が生み出される。

それが大きく広がって、光の柱を立て、その中から巨大な影が生み出される。

『やれやれ……我は見世物ではないのだがな』

文句を言いながら、ケルベロスの姿が謁見の間に実体化する。

「「おおおおおおっ⁉」」

「「こ、これはケルベロス……ッ⁉」」

「「で、伝説の高位神獣だぞ⁉　一介の傭兵の娘が……⁉」」

『はっはは……！　だが、畏怖されるのは悪くはないぞ、もっと我を敬うがいいわ』

意外とご満悦の様子である。

「おおお……いかにも……！　これは雄々しい神獣であるな」

王も俄然興味が湧いてきた様子である。これはいい兆候だ。

「のう、ユーフィニアよ。お前もそう思うだろう？」

「はい。とても強い神滓と聖域を感じます。それに……」

「それに？」

「はい。本で読んだ伝承よりも、本物は可愛いですね」

そう微笑む笑顔は、先程までの立派な態度とは違い、年相応の可愛らしさである。

まあ、このケルベロスを見て可愛いと言う感覚は、アデルには良く分からないのだが。

だが可愛いらしいので良いだろう。何も言うまい。

しかし、不満に思った者もいたようである。

『か、可愛いだとおぉっ……!?』

そのケルベロスの声は、アデルだけでなく同じ聖女の資質を持つユーフィニア姫には届いている。

「ご、ごめんなさい……！　気に障りましたか……？」

恐ろしげな唸り声に、ユーフィニア姫はビクッと身を竦ませていた。

『当たり前だ！　言うに事欠いてこの我を可愛いなど……おおうっ!?』

アデルが火蜥蜴の尾から鞭状の細長い炎を生み出し、ケルベロスの口に巻き付け黙らせた。

「黙っていろ。姫様に対する不敬は許さんぞ……素直にお褒めにあずかっておけ」

『むぐぅ……！』

「あ、あの……アデルさん。もう放してあげて下さい」

「は……」

「あの……ごめんなさい。よろしければ、お名前を教えて頂けますか？」

おずおずと、ユーフィニア姫がそう尋ねる。

『我は冥界の門番たるケルベロスよ……！　我が名を知らぬは不勉強ぞ』

「いいえ、それは一族のお名前でしょう？　そうではなくて、あなたのお名前を……」

なるほどユーフィニア姫は、ケルベロスを単なる高位の神獣としてではなく、もっとその奥の……一つの個として見ようとしているのだ。

このあたりのユーフィニア姫の目線は独特で、それがアデルにとっては眩しく見える。

そういう所は今のユーフィニア姫も変わっていない。

変わっていないと言うか、昔からそうだったという事が確認できたという方が正しい。

『ぬ……？　名乗る程のものではないわ』

「でも、それでは何とお呼びすればいいか分かりませんから……」

『ケルベロスと呼べばよかろう』

「それはあなた達であって、あなたではありませんから……よろしければ教えて下さい」

「観念して名を名乗るがいい。姫の御前だぞ」

アデルもケルベロスを促した。

『……プ』

「「プ……？」」

『プリンだ……』

「「！」」

アデルとユーフィニア姫は顔を見合わせ――

「ははは……！　それは何とも……」

「可愛らしいお名前ですね？」

『笑うなッ！　母上殿がこちらで聖女に仕えていた際に、最も素晴らしかったものの名を取ったという事なのだ！』

「ふふふっ。では後で沢山食べて下さいね？　プリンさん」

「プリン？　どういう事だ、ユーフィニアよ」

王がユーフィニア姫に問いかける。

「はいお父様、このケルベロスさんのお名前はプリンさんというそうなんです」

「プリンだと？　わはははは、それは何とも可愛らしいのう」

「「「はははははっ」」」

　謁見の間が和やかな笑いに包まれて――

『笑うなと言っておろうがあぁぁぁぁぁっ！』


　グオオオォォォオンッ！


　怒りの咆哮がビリビリと空気を震わせる。

「お……おおぉっ⁉　し、しかしこれ程の神獣……盟約しているそなたの実力を示すものでもあろうな」

　ともあれ、王と姫の関心を引く効果はあったようだ。

「陛下！　私はこのウェンディール王国に……とりわけ王国の未来を担うユーフィニア姫様をお慕いする者に御座います……！　願わくば我が力、ユーフィニア姫様のためにお役立て頂ければと！」

「つまり……そなたも姫の護衛騎士になりたいと申すか？」

「御意に御座います……！」

アデルは力を込めて頷く。

それこそがアデルの望み。もう一度、ユーフィニア姫の護衛騎士に！

今度こそユーフィニア姫には、幸せな一生を歩んでもらいたいのだ。

「むむ……姫と同じ聖女の力を持つと。それは護衛騎士としてまたとない……」

王は前向きな方向に悩んでいる様子ではある。

「お待ちを、国王陛下……！」

居並ぶ臣下達の中から、声がかかる。

「ベルゼン騎士団長か。どう致した？」

王が名を呼んだベルゼンという男の声に、アデルは聞き覚えが無かった。

見た所、二十代後半から三十代前半の、立派な体格の偉丈夫だ。

騎士団長という役目からすれば、年齢的には若いだろう。

アデルはこの人物を知らないが、本来であればアデルがまだユーフィニア姫に出会う四、五年前の時間だ。知らない人間がいるのは不思議ではない。

ここから何があって、彼がこの王宮を去ったのかは知らないが。

「アデル殿が護衛騎士にと仰るならば、それだけでは不足に御座います。護衛騎士は、姫様の盾となり剣となる武技が何より！　聖女の能力だけでは、適性は測れますまい！」

「ふうむ、そういうものか？　あのケルベロスを操って姫を護衛すればよいと思うが？」

王は割と合理的な疑問を投げかける。

「なりません！　すぐに召喚術を繰り出せぬ場合には如何なさいます⁉」

「それは、メルルがおるだろうに。それぞれ力を合わせればよかろう？」

また柔軟な対応を述べる王だが――

「なりません！　私はアデル殿個人の資質について話をいたしております……！」

「ふうむ……」

王は瞑目して唸る。

要は騎士団長は反対だ、という事である。

何とか名目を付けてアデルに仕官をさせぬように、と。

だが、その言葉ぶりは、アデルにとって逆に好都合でもある。

もう一押し、反対意見を黙らせ、王とユーフィニア姫に自分を売り込む好機だ。

「恐れながら、私も傭兵として身を立てて参りましたので、武技の腕の方にも覚えが御座います。そちらにご迷惑でなければ、実戦形式でご披露させて頂きましょう」

「ほぉうそれは、お主のようなうら若き乙女が勇ましい事だ。ならば見せて頂こうか」

アデルの言葉に、ベルゼンはにやりと笑う。

「では陛下。騎士団長としてアデル殿を試させて頂きます。よろしいですか？」

「う、ううむ……くれぐれもやり過ぎぬようにな。客人に怪我など負わせぬように」

ベルゼンにはあまり強く物を言えないのか、国王は少々納得いかない顔で頷いた。

「ユーフィニア姫。大切な御身に関わる事柄です。どうかご許可を」

そうベルゼンに話を振られ、ユーフィニア姫は不安そうな顔でメルルを見る。

心優しいユーフィニア姫は、荒事を好まないのだ。

「あの……メルルはどう思いますか？　護衛騎士の仲間が増えるのは……？」

「あたしは……アデルが一緒だと心強いです。アデルはあたしの身分や出自の事を気にせず、仲良くしてくれますから……」

「そうですか。分かりました……ではお父様も仰られていた通り、怪我などしないように気をつけて行って下さい」

「「はっ！」」

姫の言葉はベルゼンに向けられたものだったが、あえてアデルも返事をしておいた。

怪我人を出さないように気遣うのは、こちらだからだ。

そして、アデル達は王宮の中庭に移動し――

「ではアデル殿の腕前を見せて頂こうか！　おい、お前達……ッ！」

「「ははっ！」」

ベルゼンの指示で、三人の騎士達がアデルの前に立った。

アデルは女性としても背は高くはなく、その体格差は圧倒的である。

「武技の腕に覚えがあるという以上は、三人くらいはあしらってもらわぬとな。文句はないだろう？」

にやりと笑みを見せるベルゼンに、アデルも不敵な笑みで応じる。

「いいや、ベルゼン殿。あえて言わせて頂こう。これでは足りんな」

「何……!?」

「ユーフィニア姫の護衛騎士を志す以上、他を圧倒する強大な力が必要不可欠ッ！　たった三人では、その証明にはなりませぬ！」

「ぬううぅ……!?」

「こちらは未開領域に現れた、変異体の魔物を仕留めてきているのだ。貴公の配下の方々は、たった三名でそれを仕留める程の腕をお持ちなのか？　そうではあるまい？　遠慮はいらん、変異体の魔物を討伐するつもりで来いッ！」

「後悔するなよ！　第一隊！　全員で行け！」

さらに追加でその数倍。合計で十人以上が、アデルをぐるりと取り囲んだ。

屈強な男達の輪に囲まれるアデルの姿が、外から見て隠れてしまうほどだ。

「ベルゼンよ……！　これではあまりにも……！」

「我々とて本意では御座いませんが、アデル殿の望んだ事に御座います……！」

「国王陛下！　心配はご無用で御座います！　護衛騎士たる者、この程度はあしらって御覧に入れて当然ッ！」

アデルは威風堂々、胸を反らして腕を組む。

その拍子に豊かな胸が揺らされて、相手にとっては威圧的というより魅惑的だ。

「……うーん、なんかあたしのハードルも上がってる気がするなぁ」

メルルはそうため息をつく。

同じ護衛騎士とはいえ、アデルと同じ強さを求められても困ってしまう。

「おいおい、あんな大勢で……！　アネキー！　負けるなーーーー！」

「楽しい事すんなら俺も混ぜてくれよぉ！　グへへヘッ！　あでッ⁉」

「ばっきゃろう！　てめえごときが混ざっても、ぶっ飛ばされるのが落ちだぜ！」

中庭に待たせていた部下達がこちらを見つけて、騒がしい。

「な、何じゃあの者共は？」

「「さ、山賊かっ⁉　なんであんな奴等が王城にッ⁉」」

騎士達が部下達の人相の悪さに驚いて、剣を抜きそうになっている。

「い、いや待って下さい！　あれでもあいつらは一応アデルとマッシュの部下の傭兵団で……！　下品だしいい奴でもないと思うけど、一応アデルとマッシュの言う事は聞きますから……！」

メルルが微妙に庇っているのか庇っていないのか分からない擁護をする。

「という事は、アデル殿が仕官をするという事は、奴等も王城に……っ⁉」

「そ、それはいかんぞ……！　美しきこの王城の景観が破壊されてしまう……！」

「……まずいな」

彼等を見られたのはまずかったかも知れない。

まあいずれは分かる事なのだろうが、もう少し後の方が望ましかった。

「あの……皆さん、アデルさんやマッシュさんのお仲間ですか？　よろしければもっとこちらにいらして見て下さい」

ユーフィニア姫は誰が相手でも礼儀正しく、丁寧である。

あの人相の悪い部下達にも、それは変わらなかった。

その人格は素晴らしいと思うが、今はそれが裏目に出てしまっている。

「いえ、姫様……！　それは必要ありません！」

「来るな、お前達！　もっと下がっていろ……！」

「ってか隠れてなさい！　見えちゃダメ！」

アデル達が口々に部下を隠そうとするが、それを見たユーフィニア姫は表情を曇らせてしまう。

「あの……お仲間に対してそんな事を言うのは良くないと思います」

「「「う……っ!?　も、申し訳ありません……！」」」

そう注意されてしまったら、アデル達としては、畏まって謝罪する他はない。

しかしこんな野卑な男達は初めて見るだろうに、よく平気なものだ。

その器の広さには、改めて感心する。

考えてみれば、時を遡る前のアデルも彼等と大差ない存在である。

それを護衛騎士としたユーフィニア姫ならば、彼等など可愛いものなのかも知れない。

「ま、まあいい……！　では始めるぞ！」

ベルゼンがそう号令をする。

ユーフィニア姫のおかげで、部下達の存在は有耶無耶になった格好だ。

それはそれで、有難い。

「「はっ！」」

アデルの周囲を取り囲む騎士達が、剣や槍を構えて戦闘態勢に移る。

「言っておくが神獣を召喚してけしかける事は遠慮して貰うぞ、アデル殿！　これは護衛騎士に求められる武技の腕を測るものだからな！」

「無論っ！」

「術法を使うのは構わんぞ！　我が部下達も使わせて頂く！　聖女の聖域に合わせて術法をも織り交ぜて戦うのが、護衛騎士の武技である！」

「そ、それはアデルに不利過ぎはせぬか？　アデルは聖女であろう……!?　術法の修練などせぬものだ」

一般的には、国王の言う通りではある。

聖女は自らの聖域を展開している間、聖域を使って術法を使うことが出来ない。

他の聖女の聖域を使って術法を使う事は可能だが、それには自分の聖域を閉じなければならない。

要は聖女としての能力は完全に封印しなければ、術法使いとしては動けない。

未開領域で戦ったエルシエルはその常識を覆していたが、あれは異例中の異例である。

ゆえに基本的には、聖女は術法の修練などせず、自らの聖女としての能力をより高めるために修練をする。

より強力な神獣との盟約を目指したり、聖域の展開の仕方をより工夫したり、である。

当然ベルゼンもそれは分かっており、術法を使っていいというのは、自分の部下達を一方的に優位にするためだ。

アデルは術法は使えないだろうから、という事である。

だが――

「陛下！　構いませぬ……寧ろ望む所ッ！」

より不利な条件だと国王や姫、これを見ている臣下達に思って貰えるのならば、逆にそれを跳ね返した時の覚えはめでたい。アデルにとっても悪い話ではない。

「む、むう……何とも勇ましい娘じゃな。よ、よかろう。好きにするがよい」

「はっ……！」

アデルは国王に一礼した後、ベルゼンに顔を向ける。

「ただし、術具くらいは使わせて頂くぞ……！」

もう使い慣れてきた火蜥蜴の尾から鞭状の細長い炎を生み出して見せる。

それは赤く、か細い。本来の火蜥蜴の尾(サラマンダーテイル)の姿だ。

元々決して強力な殺傷力のある術具ではなく、ナヴァラの移動式コロシアムの看守ラダンが使っていたように、囚人(しゅうじん)や虜囚(りょしゅう)の拘束(こうそく)用である。

サラマンダーとはケルベロスとは違(ちが)って低位の神獣であり、その神滓結晶(アニマけっしょう)を使った術具も、それ程強力にはならない。

その姿を見たベルゼンも、この程度ならばと頷いて見せる。

「よかろう。お互(たが)い正々堂々とな……！」

よく言う、とは思うが反論はしない。こちらも相手を欺(あざむ)いているのだから。

「ではユーフィニア姫様(ひめさま)、お手数ですが術法を使用致しますので……聖域を展開して頂けますと幸いです」

「はい……分かりました」

少し表情を引き締(し)め、頷くユーフィニア姫。

瞳を閉じて息を整え、両手をすっと上に掲(かか)げる。

「聖域よ……！」

そして彼女の身を中心に広がった聖域は、それを感じ取る事が出来る者には何とも心地(ここち)よく、包み込まれるような優(やさ)しい感触(かんしょく)をアデルも感じた。

あまり神滓と術法の素質が無かった男性の体の時よりも、今の方がユーフィニア姫の聖域をより強く感じられる。

「「おぉ……いつもながら姫様の聖域は……」」

「「何とも心地が良いな……！」」

そう感嘆の声が上がる。

だが初体験の者にとっては、また別の感想があり――

「な……んだっ……!? こ、この大規模な聖域は……!? じ、尋常じゃないぞッ……！」

マッシュはユーフィニア姫の事を何も知らないから、そうなるのも仕方がない。

アデルの聖域はマッシュもメルルも強いと褒めてはくれたが、その効果範囲はせいぜい十数メートルといったところだ。

聖女としては狭くもなく広くもなく、と言ったところだろう。

だが、ユーフィニア姫の聖域は聖女の中でもずば抜けた超々広範囲である。

その広さはアデルの数十倍、いや数百倍。

この王城をすっぽり収めるどころか、王都ウェルナの大半を覆うほどである。

マッシュ程の実力者の度肝を抜くくらいのものであるので、当然聖塔教団としての評価も高く、将来は大聖女にとの呼び声も高かった。

それもこれも、ウェンディール王国の滅亡と四大国の間に起こった大戦により吹き飛んでしまったのだが。

「しかもこの神滓は万能属性……！　こ、こんなお方を見るのは初めてだ……本当にとてつもない。なるほど、アデルが心酔するわけだ」

マッシュの指の先に小さな炎や氷塊、竜巻や雷が次々と生まれる。

万能属性とは、その名の通り全ての属性の術法に対応した神滓の事である。

アデルの場合、アデルとケルベロスが生み出した聖域は炎の神滓に満たされており、そのためアデルの聖域を利用したマッシュやメルルは炎の術法を使っていた。

ケルベロスとは違う力を持つ神獣と盟約すれば、また別の属性の聖域になるだろう。

聖域とはその元になる神獣の力の質によって性質が変わるものだ。

しかしユーフィニア姫の場合は、姫自体の聖域を生む能力がとにかく圧倒的なため、どのような神獣の聖域でも超極大の広範囲、かつ万能属性である。

このユーフィニア姫の力に唯一欠点があるとすれば、あまりに巨大過ぎる力であるがゆえに、細かい制御は全く効かないという事である。

例えば聖域を持つ聖女同士が敵対した場合、自分の護衛騎士には聖域の恩恵を与え、相手の護衛騎士には与えないという識別を与える技術が必要となってくる。

未開領域でアデル達と戦ったエルシエルはそれを行っており、マッシュやメルルに彼女の聖域が利用できないようにしていた。

ユーフィニア姫にはそういった細かい制御は全く効かない。

人同士の争いを想定すると、その戦場にいる全ての敵味方に等しく万能属性の神滓を提供してしまうため、その圧倒的な規模の力が圧倒的な戦力差となることが出来ない。必ずしも有効ではないのだ。

誰にでも分け隔てなく、慈愛に満ちたユーフィニア姫の人間性を体現したかのような力の性質である。ゆえにアデルのような、聖女の聖域に依存しない力を持つ護衛騎士が重宝されたという所もある。

だが例えば未開領域を開拓する時のように、敵が術法を使わない魔物であるときは、普通の聖女の何十倍、何百倍もの活躍が見込める。

未開領域に踏み込み、人の生きられる場所を拡大するという本来の聖女の在り方としては、それが正しい。聖域や術法は人同士の争いのための道具ではないのだから。

「では準備はいいな、アデル殿！」

ベルゼンがそう声を張り上げる。

「ああ、何時でも構わん」

「では、始めっ！　皆の者！　裏若き乙女だとは言え、容赦はいらんぞ！　それでは彼女のためにならん！」

「「「はっ！　うおおおぉぉぉぉぉっ！」」」

ベルゼンの号令と共に、アデルの前後左右から一名ずつ、四名の騎士達がアデルに突進してくる。

残りの騎士達はそれぞれに術法の詠唱を行っている様子だ。

うち何人かは術印を切る仕草も見える。

聖域や術法は人同士の争いのための道具ではない。

それを体現しているユーフィニア姫の聖域内で早速争う事は申し訳ないが——

ここは容赦なく、力を見せつけさせてもらう！

「ならば……ッ！」

まずはアデルは、正面からくる騎士にこちらから踏み込んで行く。

無論、『錬気収束法』による脚力を発動している。

その踏み込みの速さは、突っ込んで来る騎士の度肝を抜いた。

「なっ……!?　速っ……ぐあぁっ!?」

騎士が驚いて一瞬固まる間に、アデルの膝がその腹に突き刺さる。

『錬気収束法』の収束点は動きに合わせて、足から膝へ、すかさず滑らせている。

自分の動きに合わせて、機動的に気も動かすのが『錬気収束法』を使った戦い方だ。

「もう一発ッ！」

逆に機動的に気を動かせるように身体の動きを考えるというのも、また然り。

膝から更に足先へと気を流しつつ、中段に追撃の蹴りを振り抜き騎士の体を弾き飛ばす。

「があぁぁぁぁっ⁉」

吹き飛んだ騎士の体が、術法を唱えている別の騎士達の所に飛び込む。

「うおぉっ⁉」

詠唱を中断され、気を取られた騎士二人の頭上にふっと影が差す。

「……っ⁉」

それは、最初の騎士を蹴り飛ばしてすぐ、地を蹴って高く跳んだアデルの姿だ。

吹き飛ばされる味方に注意が行って、アデルの動きには全く付いていけていない。

「どこを見ているッ！」

高く振り抜いた脚が一閃。二人をまとめて弾き飛ばし、気絶させる。

立ち合いの一瞬で、あっという間に三人が脱落する事になった。

「は、速い……っ⁉」

「「術法を使った様子もないのにか……っ⁉」」

「「あの蹴りの強さも……！　ど、どうなっているんだ……⁉」」

その様相に、見ている者達は驚愕していた。

外野には構わず、アデルは再び跳躍をする。

最初に四方から迫って来た騎士のうちの残り三人が、背後に詰めて来ていたのだ。

攻撃を受ける前にその頭上を飛び越え、間合いを開く。

「よし……っ！」

「いい位置に追い立ててくれた！」

「これなら……！」

術法の詠唱を終えた騎士達が、色めき立つ。

今のアデルは、手合わせの開始の前――最初にいた輪の中心の位置に戻っていた。

そこは他に邪魔をするものが無く、味方を巻き込む心配もない絶好の狙いどころだ。

「「「行けえええっ！」」」

一斉に放たれる術法。

火炎の弾、氷の弾、雷の弾、それぞれに得意な属性の術法での攻撃である。

だがアデルは、それに全くひるまずにやりと笑みを見せる。

「済まんな、追い立てられたのではなくてな……！」

これは狙って自分から飛び込んだ位置取りだ。

攻撃を撃たれたのではない、撃たせた。

なぜなら、同距離から一斉に攻撃をしてもらえば――

一斉にそれを迎撃するのもまた、容易だからだ。

「はあっ！」

ここでアデルは初めて、火蜥蜴の尾を気で覆い『錬気増幅法』を発動させる。

か細く赤い炎の鞭が、高熱の青い炎の、肉厚の刃の両刃剣へと姿を変える。

その両端を数メートル程に伸ばしつつ、アデルはぐるりと周囲を薙ぎ払う。

バシュウウウゥゥンッ！

アデルに迫っていた相手の騎士達の術法は、炎の刃に薙ぎ払われて消滅する。

「「何ぃぃっ!?」」

「驚いている場合ではないぞっ！」

刃は更に変形しつつ長く伸び、殺傷力の弱い棒状に。

その長さは術法を撃ってきた騎士達に届くほどだ。

「はああぁぁっ！」

腕に気を集中しつつ、炎の棒を頭の上で激しく旋回。

騎士達が次々弾き飛ばされていく。

「「うああぁぁぁぁっ⁉」」

アデルの攻撃が止んだ時、立っている残りの騎士は誰もいなかった。

「ふむ……まあ、こんな所か」

もう少し歯ごたえがあっても良かった気はするが。

アデルが仕官に成功すれば、これからは共に姫を守る同志でもあるのだ。

「な、なんと……！　これだけの数を……！」

「こんなにも、あっさりと……！」

「それに、何とも……」

「「美しい……！」」

周囲の臣下達は、すっかりアデルの戦いぶりに魅了されているようでもあった。

「ベルゼン殿――これで足りぬならば、御身自ら相手をして下さるか？」

「い、いや……！　もう十分だ。陛下、アデル殿は護衛騎士の名に恥じぬ腕前をお持ちのようです」

　ベルゼンが少々悔しそうに王に述べると、王は満足そうに頷いた。

「うむうむ。まことに見事であり、また美しい戦いぶりよ。亡き王妃を思い出してしもうたわい。よくやったぞ、アデルよ」

「ははっ！　お褒めにあずかり光栄に御座います！」

「では、他の者も異論はあるまいな？　アデルを騎士として迎え入れ、ユーフィニア姫が正式に聖女の認定を受けた後には、その護衛騎士と……」

「お待ち下さい！　国王陛下！」

　と、国王の裁定に異を唱えるのは、女性の声だった。

　先程まではいなかった、神官衣を纏った二十代後半の女性だ。

　彼女の声と気配には、アデルは覚えがあった。

「おぉ、クレア殿。如何致した？」

　彼女は聖塔教団から迎え入れている聖女達の筆頭である人物だ。

　美しく整った容姿であるのだが、聖女という言葉から受ける柔和な印象ではない。

　冷静、理知的、事務的。どちらかというと学者肌の印象である。

　正確な肩書は、ウェンディール王国付き駐留聖女筆頭――だっただろうか？

聖女の資質を持つユーフィニア姫に、聖女の基礎教育を行ったのも彼女である。

「姫の聖域が急に展開されたので様子を見に来ましたが……聖域や術法は人同士の争いのための道具ではないのですよ……!? それを見世物のように使うなど……！ 何を考えておいでなのですか！」

「い、いや、それはベルゼンがだな……」

「し、しかし聖女殿、それではいざという時に備えた訓練も出来ませぬゆえ……」

「緊急時以外は、聖域の必要あらば私を通すように常々お願いしているはずです……！ ユーフィニア様がこの国の姫だからとて、あくまで聖女の力は女神の名の下に、聖塔教団によって統べられるべき物なのです！」

「いや、姫はまだ正式な聖女ではないのだがのう……」

「王の仰られる通りかと思いますが……」

国王とベルゼンが口をそろえる。

「ならば猶更、その力は聖塔教団の認める正式な聖女の立ち会いの下でのみ使われるべきです！ 私利私欲のために使う事は許されません！」

「申し訳ありませんでした、クレア先生」

ユーフィニア姫がクレアの近くに進み出て、ぺこりと頭を下げている。

「姫様、姫様のお力はとてもお強いのです。力にはそれに見合う責任も伴いますゆえ、くれぐれもご自覚を持って下さいますよう。ただでさえ姫様は、あまりに若いと正式な聖女の認定を見送られていらっしゃいます。ですがそのような慣例、清く正しい聖女のあり方を示す事が出来れば問題は無いはずです。前例を覆すべく、日々ご努力を……！」

「はい……分かりました」

と、聖女クレアは居並ぶ一同にお説教を喰らわせた後——

更に表情を厳しくして、アデルの方を見る。

「そして……アデルさんと仰いましたね……！」

「はっ。今後騎士としてこちらにお仕えさせて頂くため、何卒……」

「なりませんっ。そんな事はこちらの駐留聖女として認められません」

きっぱりとそう宣告されてしまった。

「は……!?　な、何故で御座いましょう？」

「聖女が世俗の官爵を得るなど、言語道断だからです……！　教義にて明確に禁じられておりますッ！　何のために駐留聖女が存在するとお思いですか!?」

駐留聖女は王や国に仕えるものではなく、要請を受けた聖塔教団が教団から派遣するものであり、本質的には聖塔教団の人間であるという事はアデルも知っている。

明確な教義の内容までは把握していないが、あくまでも世俗の権力とは一線を引くという姿勢であるのは確かだ。

だが、それは聖塔教団に所属する聖女の場合だろう。アデルはそうではない。

「それは存じてはおりますが、私は教団に所属する者ではありません。ですからご批判に当たらぬかと……」

「なお悪いッ！」

「……⁉」

「アデルさん。あなたのお師匠はどちらに？　その彼女はこのようなことをお許しになりましたか？」

「いえ、私に師匠はおりません。気づけばつい最近、このような力が身に付いておりました」

「なるほど……それはあなたの豊かな才能を示すものでしょう。そうですか、知らぬならば仕方のない面もありますが……教団は教団に属さぬ聖女の存在もまた、認めてはおりません。聖女の力は個人のものではなく、女神からの賜物だからです。それを授かった我々聖女の数は、全世界においてもたったの百と二十一。しかもここ数十年来、新たに生まれる聖女の数は減少傾向にあります。一人たりとも遊ばせておく余裕などないのです。

今のあなたは、背律者として処罰されてもおかしくはない状況ですよ」

「つまり、教団に属さぬ聖女は存在自体が罪であると……？」

「そうです。故に師匠に付いて頂き、正式な聖女の認定を受けて貰わねば、私達はあなたを捕らえる義務すらあります。そのような者を騎士として迎えるなど言語道断」

「…………」

それは知らなかった。

そもそも、聖塔教団に属さないモグリの聖女など見た事が無かったから。

それにアデルが時を遡る間の世界で勃発した大戦では、平時の規律や戒律など吹き飛んで、聖女達も各々の判断による行動を余儀無くされていたから。

聖塔教団自体が大混乱に陥り、全く統制が取れない状態に陥っていたのだ。

全ては、直轄都市アルダーフォートにある中央聖塔が崩壊したからだ。

それにより世界各地の聖塔の機能が麻痺し、大量の未開領域が発生。

ウェンディール王国もその対応に忙殺される最中、北国同盟は中央聖塔崩壊の責任をウェンディール王国に問うとして侵攻。それに味方していたのが大聖女エルシエルだ。

ウェンディール王国は滅亡し、直轄都市アルダーフォートも北国同盟が抑え、そしてそれに南邦連盟が反発し、大戦へ――

結局のところ、最初の中央聖塔崩壊の原因は、アデルにも分からない。

ともあれ今は戦時ではなく平時であって、平時の場合アデルの行動はとてもまずいという事は理解できた。

「む、むう……ではアデルを護衛騎士として迎え入れる事は出来ぬという事か……!? せっかく良い人材を得たと思ったのだが……」

国王は残念そうに唸っている。

モグリの聖女は背律者。王宮の騎士とすることなどできない。

正式な聖女となり背律者でなくなれば、聖女は世俗の官爵を得ることが出来ないため、騎士になる事は出来ない。

どちらにせよ、騎士にはなれない事になってしまう。

「い、いや……！ 陛下、まだ道はあります！ 私のケルベロスはユーフィニア姫様に献上致します！ 神獣さえおらねば、私は聖女ではなく一介の傭兵でございます！」

「おお、なるほどのう！ 聖女の力が無くともお主の腕は確か。先程見せて貰ったからのう。ならばそれで……」

「いけませんッ！」

またクレアに止められてしまった。

「神聖な神獣に対して身売りのような真似をするなど、言語道断です！　神獣を冒涜するつもりですかっ⁉」

「わたくしも、それは……プリンさんはアデルさんの事が良くて一緒にいるのですし」

これにはユーフィニア姫にまで困った顔をされてしまった。

ならば駄目だ。姫の意に沿わない事は絶対にしない。絶対にだ。

「……どうしたものか」

だがアデルの主はユーフィニア姫をおいて他にはいないのだ。

ではどうするか、と考えているうちにクレアがある提案をする。

「どうしてもこちらで働きたいという事であれば、まずは教団から正式な聖女の認定を受けた後、駐留聖女としてウェンディール王宮に配属して頂く事を希望するのですね。それならば、私も文句はありません。近々ユーフィニア姫の正式認定について再び申し入れを行いますから、あなたも同時に認定頂けるように取り計らうのは吝かではありません」

「ぬう……⁉」

アデルとしては、あまり気の進む内容ではない。

それではユーフィニア姫ではなく、聖塔教団に仕える事になってしまうから。

教団や教義に対する忠誠心などアデルには微塵も無く、ユーフィニア姫の事以外はどうでもいいのだ。

そもそも聖塔教団は、クレアが言うほど模範的な集団でもない。

ナヴァラの移動式コロシアムで、捕まえてきた奴隷達に非人道的な人体改造を繰り返してきたのは教団の大幹部であるナヴァラ枢機卿だ。

そこに囚われた者達の扱いがどのようなものだったか、それはアデル達が一番よく知っている。

世界最大の権威であることは間違いがないのだが、その抱える暗部もまた深く昏い。

クレアはそういった面を知らないだけ。あるいは、見て見ぬふりをしているだけだ。

出来れば知らないだけであってほしいものだ。

そうすれば彼女の人間性まで疑わずに済む。

そんな中——

「ではアデルさんと一緒にアルダーフォートに行って、儀式を受けられるのですね。それは心強いです……！」

ユーフィニア姫がぽんと両手を胸の前で打つ。

「はい、承知しました！」

アデルは迷いなく頷いた。

ユーフィニア姫の意志は絶対なのである。

そして翌日。王城内の廊下で――

「ちっ……！　こんな事に何の意味があるというのだ……!?」

アデルは露骨に舌打ちをしていた。

何故かというと、花のように優美なドレス姿に着せ替えられていたからだ。

髪型も綺麗に飾り立てられている。

馬子にも衣装というが、姿見で見た自分の姿はあまりにも似合い過ぎていて、逆に恐ろしいというか、恥ずかしかった。

それに、このドレスというものは動きづらくて仕方がない。今もとても居心地が悪い。

「こら、露骨に舌打ちしないの。聖女としての教育のためらしいよ、クレア様曰く」

と言うのはメルルだ。

クレアの命を受けてこのよく分からない着替えを手伝ってくれた。

あの後アデルは、王城に留め置かれることになった。

クレアがユーフィニア姫について正式に聖女の認定を受けられるように申し入れをするのと同時に、アデルの事も取り計らってくれるらしい。

ユーフィニア姫については、クレア自身は既に資格ありとして正式な認定をするように申し入れているのだが、まだ十歳ゆえに若過ぎるとして保留されてしまっているようだ。

それをアデルの事と同時に、再度正式認定を申し入れるつもりらしい。

認定されればユーフィニア姫は史上最年少の聖女になるという事で、ユーフィニア姫の聖女の師匠にあたるクレアにとっても名誉な事であるようだ。

時を遡る前のユーフィニア姫が、何歳で正式な聖女の認定を受けたのかは分からないが、史上最年少の聖女とは聞いた事が無かった。

もし認められれば、本来より早まるのかも知れない。

それはクレアだけでなく、アデルにとっても誇らしい事である。

本当はアデルとしては護衛騎士になりたいのだが、一緒に認定を受けようというのがユーフィニア姫の意志でもあるため、断る事は出来ない。

そんなわけで護衛騎士としての仕官は見送られてしまい、アデルは聖女候補の客人扱いになってしまった。

ひとまず結果が出るまでは、成り行きに任せる他はなさそうだ。

これはそれまでの間に、アデルに聖女としての教育を――という趣旨らしい。

「この格好の何が教育だ？　こんなもので召喚術の扱いが向上するというのか？　動きづらいだけではないか……！」

と、アデルがいきり立った瞬間、自分のドレスの裾を踏んづけて転んだ。

「うぉっ⁉　ぬうぅぅぅ……っ！」

「あははっ。ほらほら、ガサツに大股開いて歩いてるからそうなるのよ？」

メルルが手を貸して立たせてくれる。

「むう……すまん」

「動きづらいんだから、引っかからないように静かにゆっくり動けって事よ。そしたらそれが、自然とお淑やかって感じに見えるわけ」

「だから何だというのだ……⁉　こんなもので召喚術の扱いが向上するというのか？　聖女としての私は素人も同然、敵味方を区別する聖域の創り方や、聖塔の維持修繕の方法や、術具の作成方法も、何も分からんのだぞ？」

「まず形から入れって事でしょ？　聖女様には上品さっていると思うし。恥ずかしがらなくても大丈夫だよ、すっごい似合ってるから！　ほら――」

と、メルルはすれ違う城の侍女や兵士達に視線を向ける。

「まあ、とてもよくお似合いだわ」

「綺麗ね……見とれてしまうわ」

「おお、これは眼福……」

メルルはニコッと笑みを浮かべてこちらを見る。

「ね、みんな見てるでしょ？」

「それの何が嬉しい……!? こんな茶番など無意味だ……！」

「もー。文句が多いなあ。はい、着いたよ」

「ここは……？」

「姫様のお部屋。姫様～！　メルルです！　アデルを連れて来ました！」

中からどうぞ、と声がする。

「失礼しますっ！」

「失礼いたします」

メルルが部屋の扉を開き、アデルも一緒に中に入った。

「おお……これは……」

ユーフィニア姫の部屋は、時を遡る前のアデルもよく立ち入っていた。

姫の護衛騎士なので、当然だろう。

目が見えなかったため、実際に目の当たりにするのははじめてだ。

が、間取りは頭に入っていた。

そして、この特徴的な本の匂いも、よく覚えている。

ユーフィニア姫の部屋は、入ってすぐの所から本棚が整然と並んでおり、窓以外の壁も多くが書棚になっており、まるで書庫のように大量の蔵書が収められているのだ。

「懐かしいが新鮮だ……不思議なものだな」

アデルもこの部屋の片隅で、本の匂いに埋もれて過ごしていたものだ。

部屋の中に、ユーフィニア姫が本のページを捲る音だけが響く静かな時間。

アデルは突っ立っているだけだったが、それは逆に他に何の憂いもない安らぎの時間でもあった。

黒の全身甲冑のアデルがじっとしていると、部屋の調度品と間違えられてしまう事もあったが。

「懐かしい？　どういう事？　初めてでしょ？」

アデルの呟きを聞いたメルルがきょとんとしている。

「あ、ああ……いや、本の匂いがな」

咄嗟にそう誤魔化した。

「へぇ意外。アデルって本読むんだ？　全然そんなイメージじゃないけど」

と、本棚の間からユーフィニア姫が姿を見せる。

「ようこそ、アデルさん。わぁ、思った通りです！　とても綺麗……！」

アデルの姿を見て、ユーフィニア姫は目を輝かせてくれていた。

「はっ……！　ありがとうございます、お褒め頂き光栄です！」

「そのドレス、わたくしが選ばせて貰ったんですよ……！　本当によくお似合いです！」

「おぉ！　そうでしたか、道理で見た目も着心地も素晴らしいと思っておりました！」

アデルは満面の笑みでユーフィニア姫に応じる。

ユーフィニア姫が自らアデルのために服を選んでくれて、それを着たアデルを見て喜んでくれる。最高ではないか。ならば自分は全身全霊でそれを受け入れるだけだ。

「清々しいくらい掌返すよね……無意味だの動きづらいだの、散々文句言ってたくせ
……んぐっ！」

アデルはサッとメルルの口を手で塞ぐ。

「どうかなさいましたか？」

「いえ、なんでも御座いません！　ともあれ感謝致します、姫様！」

アデルはその場に跪いてお礼を述べようとするが、ユーフィニア姫に止められた。

「あ、いけませんよ？　ドレスが汚れてしまいますから。お礼なら……こうですね？」

自分のドレスのスカートを広げるように持ち上げて、ぺこりと一礼を見せてくれる。

慣れた様子の品のある所作だが、それをするユーフィニア姫はまだ十歳。

堂に入った仕草が、逆にとても可愛らしい。

時を遡ってユーフィニア姫のこの姿を肉眼で見られた事は、本当に僥倖だ。

「……どうもありがとうございます。こうでしょうか？」

アデルはユーフィニア姫に見せて貰った通りに所作をする。

「あ、はい。上手です！　クレア先生から礼儀作法を教えるように仰せつかっていますので、ビシビシいきますねっ」

気合いの入った表情もまた、可愛らしい。

心優しく人当たりの柔らかいユーフィニア姫に、ビシビシいけるのかは疑問だが。

「はっ！　お手柔らかにお願いします！」

「ふふふっ。ではせっかく来ていただきましたし、お茶にしましょう？」

ユーフィニア姫の好きなものは、読書、紅茶、それに紅茶に合うお茶菓子だ。

この密集した書棚を抜けた奥の窓側に、紅茶を楽しみながら読書をするためのソファーやテーブルが置いてあるのだ。

「姫様！ では私にお任せを！」

「えぇ？ アデル、お茶なんて淹れられるの？」

メルルが怪訝な顔をする。

「大丈夫だ、任せて貰おう！」

ユーフィニア姫に付き合って、この部屋でお茶を飲んだことも何度もある。

目は見えないが、気配でお茶を用意する事くらいは出来た。

始めは勿論失敗もしたが、細かい作業は視界の無い心眼で戦うアデルにとって、良い訓練にもなった。

時を遡り目が見えるようになった今では、お茶を入れるくらい造作も無い。

無論、姫の味の好みも把握している。

お茶は少々濃過ぎる程に濃く出して、砂糖はたっぷり、だ。

「わあ、すごく美味しいです」

ソファーに座って紅茶に口をつけたユーフィニア姫が、にっこりと笑顔になる。

「ははっ！ お口に合えば幸いです」

「おぉやるわね、アデル……！ 意外とちゃんとしてるじゃない」

「ふふん。元々少々ドレスが着慣れんだけで、この程度の嗜みはあるのだ。私にはな」

自信満々に言って、自分もソファーに座るアデル。

それを見て、メルルがため息を吐いた。

「……前言撤回！　ダメダメね、はぁ～」

「そ、そうですね……少し……クレア先生には怒られてしまうかも知れませんね」

「も、申し訳ございません姫様！　どこが至りませんでしたでしょうか……!?」

「いや分かんないの、アデル!?」

「分からないから聞いているのだが？」

「あははは……ではメルル、教えてあげて下さい」

「分かりました！　はい、アデルまずその脚！　だらしなく股を開いて座らない！　こんなの基本中の基本でしょ……!?」

メルルの指摘通り、ドレス姿のアデルは大股を開き、男の座り方そのものでソファーに腰かけていた。ついでに背もたれに腕を放り出す寛ぎぶりである。

自然に座ればそうなるのである。意識は大の男なのだから仕方がないだろう。

「む……？　そうか座り方か。油断をしていたな……」

「いや、油断してても自然にそうなるのはおかしいって言うか……！　まあいいや、ほらしっかり脚は閉じて、揃えて少し斜めに！　背筋を伸ばす、両手は膝の上で重ねて！」

メルルがビシビシと、アデルの座り姿勢を矯正していった。

「ぬっ……これは少々窮屈だな……」

「我慢よ我慢。そうしてればまあ、姫様と並んで恥ずかしくないよ？」

「いえ、わたくしの事は気にしなくて構いません。恥ずかしいだなんて……」

「姫様……」

ユーフィニア姫の優しさが身に染みる。

盲目で全身傷だらけの剣闘奴隷だったアデルを受け入れて傍に置いていたユーフィニア姫ならば、今のアデルなど可愛いものなのかも知れない。

「姫様、でもそれだと全然ビシビシになってませんよ？」

「そ、そうですか……？　ですが、聖女として人前に立つならば、必要な振る舞いもあるというのは……クレア先生の仰る通りだと思います。窮屈な思いをさせて済みません。少し頑張って下さいね？」

「承知致しました、姫様。認定の儀式にお供する以上、それに相応しい態度で臨ませて頂きます！」

「はい、アデルさんならきっと大丈夫ですよ」

ユーフィニア姫は、そう言って自分の紅茶を一口する。

アデルもそれに従って、紅茶に口をつける。

ユーフィニア姫の笑顔をこの目で見ながら飲むお茶は、これ以上なく美味だった。

「うん、美味(うま)い……！」

上機嫌(じょうきげん)のアデルに、メルルは呆(あき)れた視線を向ける。

「はい、ダメ～」

「？」

「お茶に意識がいって脚がまた開いてるわよ……？　はい油断しないっ！」

またギュッと脚を閉じさせられる。

「むう……!?」

「ははは……大丈夫ですよね、きっと……」

「やれやれ。クレア様に怒られるのは姫様とあたしなんだから、しっかりしてよね？　あ、そうだ姫様！　アデルってこう見えて本を読むらしいですよ？　本の匂いが懐かしいって」

と、メルルが話題を変える。少々誤解に基づいた認識(にんしき)だが。

「まあ、そうなんですか」

ユーフィニア姫の表情が嬉しそうに輝く。

「は、はは……っ！」

誤解なのだが、そんな顔をされては否定はできない。

「アデルさんは、どんな本がお好きなのですか？」

「ええと……『聖王国興亡記・建国編』などでしょうか」

「まあ……！　わたくしもです！　凄い偶然ですね！」

同好の士を見つけた、と言いたそうな喜びの顔だ。

だが、それは偶然でも何でもない。

時を遡る前のユーフィニア姫が、読書は大事だと言い、自分の一番好きな本を何度もアデルに読み聞かせてくれた結果だ。

目の見えないアデルには、ユーフィニア姫が声に出して読んでくれる本の内容だけが、読書の経験である。

色々な本を読んでもらったが、一番回数が多かったのがその本だ。

「少し待って下さいね……！」

と、ユーフィニア姫は嬉しそうに席を立ち、一冊の本を持って戻って来る。

「ほら、これがそうです……！　もう何度も読んだので、少し傷んでしまっていますが……！」

鮮やかな赤い表紙の、分厚い本だ。

「おお、これは……懐かしいものです」

時を遡る前には、何度も世話になった本そのものだ。

懐かしいが、新鮮。そんな不思議な気分だ。

「姫様、少し中を見せて頂いても？」

「ええ、勿論です」

表紙からいくつかページを捲っていくと、地図が載っていた。

それはかつての聖王国の全景を表したものだ。

「む、聖王国の地図か……」

ユーフィニア姫に読み聞かせて貰っていたので、はっきりとこの地図を見るのははじめてだ。

ただ、今の四大国時代よりも、数百年前の聖王国時代のほうが世界地図は広い、という事はユーフィニア姫から教えて貰った記憶がある。

「こうして見ると、今より一回り世界地図が大きいよね」

と、本を覗き込んでメルルが感想を述べる。

「ええ、そうですね。かつての聖王国時代こそが、人類の最大版図だったと言われていますから……その後聖王国が分裂して四大国時代になる過程において、多くの土地が未開領域に呑まれてしまいました」

ユーフィニア姫が少々顔を曇らせてそう説明してくれる。

まだ十歳の少女なのに、既に一端の学者のような表情だ。

「聖王国時代の三分の二くらいが、今の四大国時代って感じですねえ」

メルルは、壁の一角に飾られている額縁入りの地図に視線を向ける。

こちらは現在の四大国時代のものだ。

メルルの言うように、こちらの方が人の住む領域が小さい。

「人同士の争いの隙を突かれた、というわけだな。まあ魔物共にそんな知恵があると言うよりは、人側がやるべきことを怠ったせいだろうが」

「ええ……アデルさんの言う通りだと思います」

ユーフィニア姫がそう同意する。

それもそうだろう。ユーフィニア姫にこの『聖王国興亡記』を解説して貰った見解を、そのままアデルは受け入れているのだから。

学の無いアデルにとっては、年下だがユーフィニア姫が先生のようなものだった。

「建国編は、聖王国初代王の下で国も人も纏まって一つに、大きくなっていく英雄譚。後ろ向きな話は出てこず、純粋に物語としても楽しめるのが良い所です」

「はい、そうですね」

ユーフィニア姫が微笑んでくれる。

「それに、姫様が尊敬されている古の大聖女メルメア様もご活躍されていますし」

それは、聖王国初代王を助けて、未開領域への大遠征を成功させ人類の版図を大幅に拡大する事に成功した偉人の名だ。

そしてその古の大聖女メルメアは、万能属性の神滓に満ち溢れる清らかな聖域を発し、その範囲は街一つを丸々飲み込み、千軍万馬に祝福を与えることが出来たとある。

更には無数の聖塔を未開領域の大地に打ち込み、討伐した魔物の素材から作成した卑術具が、神滓結晶を核とした貴術具に匹敵するような性能を発揮。

大遠征に参加した兵達の大きな支えになったと言う。

その逸話は、誰かに似ている。

つまり、目の前のユーフィニア姫だ。

広大な万能属性の聖域という所は、まさにそのものである。

「ええ。わたくし達には想像もつかないような、偉大なお方ですから」

「姫様も、古の大聖女メルメアに劣らぬお力をお持ちです……！　もしお望みになるならば、きっと彼女に勝るとも劣らない大事を為されるでしょう」

　大戦などに巻き込まれ、若くして命を失う事が無ければ、ユーフィニア姫の未来は無限大に広がっていたはずだ。

　世界を巻き込む大戦が起き、祖国まで滅ぼされてしまえば、ユーフィニア姫が争いを止め祖国を復興しようと動くのは当然だと言える。

だがそのせいで、ユーフィニア姫自身の夢や希望は奪われてしまった。

ユーフィニア姫が本当は何を望んで、何を為したかったのかが、分からない。

今度こそは悲劇の芽を摘み、ユーフィニア姫が望む未来を掴んで貰う。

それは古の大聖女メルメアと同じ道かも知れないし、違うかも知れない。

いずれにせよアデルはそれを全力で支えたいのだ。

「姫様は古の大聖女メルメア様の生まれ変わりだ、なんて言われたりもしますしね」

「いえ、わたくしなどが畏れ多いです……それを言うなら、現在の大聖女エルシエル様がそれに相応しいのだと思います」

　エルシエルが、普段から未開領域の開拓に積極的に出張っているというのは事実だ。

　実際に古の大聖女メルメアになぞらえて、英雄視されたりすることも事実。

　万能属性を操る事もあるが、何よりこの四大国に分かれて人々が牽制し合う時代においても、未開領域の開拓に出向く行動をユーフィニア姫は評価し、尊敬するのだろう。

——それだけに度し難い。

ユーフィニア姫の敬意を踏みにじり、命まで奪う事になるのだ、あのエルシエルは。

ウェンディール王国を攻め落とした北国同盟の軍勢にエルシエルが協力していたと知った時、ユーフィニア姫はこの世の終わりかのように衝撃を受けていたものだ。

まだその行動に出る前の今でも、ナヴァラの移動式コロシアムの事を考えると、碌な事をしていない。

マッシュを手駒にしようとしていたことを考えると、人体実験を繰り返して強化した剣闘奴隷達を未開領域の開拓に投入していたのだろう。

エルシエルの名声がそんな内情で作られていると知れば、ユーフィニア姫はどう思うだろう。信頼と尊敬が裏切られる結果になるのは間違いない。

つくづくここに来るまでの間に討ち取っておいてよかったと思う。

「あ～エルシエル様ですかぁ……」

メルルが何とも言えないばつの悪そうな顔をする。

「？　アデルさんも、エルシエル様が古の大聖女メルメア様にたとえられるのが相応しいと思いませんか？」

「いえ、私はその者を存じませんので、姫様以外に相応しいお方は存じません！」

「そ、そうですか？」

「……ははは、よく言うわ……」

メルルがボソッと呟いていた。

「？　どうしましたか、メルル？」

「い、いえ何でも……！」

「そうですか？　ならばよいのですが……あの、アデルさん。この本と言えば一つ伺いたいことがあるのですが、よろしいでしょうか？」

ユーフィニア姫が少々表情を引き締める。

「はい。何なりと」

「お城の騎士達と手合わせをしていた時のあなたの戦いぶりは……あれはひょっとして……この『聖王国興亡記・建国編』にはこうあります。聖王国初代王は、何の術具も術法も使わずに疾風のように走り、その拳は岩をも砕く。そして一度術具を手にすれば、ただの小さな火球を生む術具が、紅蓮の大火球を放ったと……」

つまりそれは、アデルの使う気の術法の『錬気収束法』や『錬気増幅法』に酷似している。聖王国の初代王は、気の術法を操るとされているのだ。

それは偶然でも何でもない、元々はアデルの力を見たユーフィニア姫が、この本の描写（びょうしゃ）と見比べてその力は気の術法であると教えてくれたのだ。

その他にも歴史上の英雄（えいゆう）達がそれを扱ったとされていたりする。

であるが故に、歴史上の偉大な存在である彼等（かれら）に箔（はく）をつけるために、後世の歴史家が付け足した虚構（きょこう）だと考える者達も多い。

実際のところそれが正しいのか確証はないが、ユーフィニア姫がそう言ってくれたのだからそうであると、アデルは信じる。

「は。お察しの通り、気の術法であると考えております。眉唾（まゆつば）かとは存じますが……」

「いえ……！　この目で見たのですから、信じています！　確かに何の神滓（アニマ）も使わずにアデルさんはあの戦いを……！　いえ、聖域の中に発生する神獣の神滓（アニマ）ではなく、人が忘れてしまった、人本来の神滓（アニマ）を扱っていたという事ですね？」

「はい。人本来の神滓（アニマ）……即（すなわ）ち『気』です」

だが人は気を感じ取る感性を無くしてしまったため、何もないように感じてしまう。

ゆえに何の術法的な力も無しに超常（ちょうじょう）的な力を発揮する眉唾の存在になってしまうのだ。

「す、すごいです……！　しかも気の術法だけでなく、あんなに力強い聖域の力も！」

ユーフィニア姫は興奮気味に、尊敬のまなざしをアデルに向けてくる。

「つまり、聖王国の初代王様がすごく強力な聖女の力も持っているという事ですよね、姫様？　そう考えるとすっごい欲張りだわ、アデルって……」

「ええ、メルル……！　大聖女の方々でも、こうはいかないかも知れません……！」

「た、確かにそうですねえ……大聖女様……アレしちゃってるし。うっ……頭痛い……」

「だ、大丈夫ですか？　メルル？」

「だ、大丈夫です……！　あははははっ」

「ですがアデルさん……どうしてわたくしの護衛騎士になろうとお考えに……？　わたくしはまだ正式な聖女でもありませんし、あなた程の方にお仕え頂くような者では……アデルさんでしたらお父様やお兄様の直属でも、いえむしろ、他の四大国でも重臣に取り立てられる事も夢では……」

「姫様ぁ、それは野暮ってものだと思いますよ？」

と、メルルがユーフィニア姫に向けて言う。

「そ、そうですか……？　すみません」

「姫様。私は姫様をお慕いする者です。姫様をお慕いしてお仕えしたいのですから、他の者に仕える事には興味がありません。姫様が良いのです」

「は、はあ……？」

「信じていいと思いますよ、姫様。アデルが相当姫様バカなのはあたしも見てきましたから……！　姫様にお会いする前は楽しみ過ぎて挙動不審(きょどうふしん)になってましたし」

「……そうですか。わかりました……ではわたくしも、アデルさんに相応しい人間であるように、自分の力を高めていく事に努めます……！　そしてその力で、何を為すべきかを考えます……！　クレア先生からも、大いなる力には大いなる責任が伴(ともな)うと教えて頂いていますから……！　まずは認定(にんてい)の儀式ですね？」

「はっ！　ですが姫様、お言葉ですが……」

「はい？」

「私は姫様には何を為すべきかよりも、何を為したいかを見つめて欲(ほ)しいと思っております……その二つは似ているようで異なります」

　時を遡る前のユーフィニア姫は、ウェンディール王国の王女として、祖国の復興を目指すべきだっただろう。それは為すべき事であり、為したい事とは違う。

　そもそも祖国の滅亡(めつぼう)など、ユーフィニア姫は望まないだろう。

　為すべき事に為したい事が潰(つぶ)された結果だ。

「為すべきことは人々から求められるもの。為したいことはご自分の夢や希望です。世界中の本を集めるでも、最高の紅茶を出す店を開くでも構わないと思います。どうか自分のお気持ちを大事になさって下さい。それが許される状況であり続けるように、私は力を尽くします」

「……為したいこと。自分の気持ちを大事に……ですか。そんな風に言われたのははじめてです……」

「あ、あたしも！　あたしも思ってます！　いい事言うじゃん、アデル！」

メルルがばしばしとアデルの肩を叩く。

「私は姫様をお慕いしますが、それは姫様の力をお慕いするわけではないという事です。姫様にお力があろうとなかろうと、それは変わりません。どうか私などに気負わずにいて下さい。気安くして頂けると有難いと……」

「ええ……！　ありがとうございます、アデルさん」

ユーフィニア姫がにっこりと笑顔になってくれる。

とても清らかで可愛らしく、心が洗われるかのようだ。

だが一つだけ不満がある。

「できれば……アデルとお呼び下さいますか？　メルルと差が付いたようで、羨ましく思えてしまいますので」

「はい、アデル！」

再び清らかでたおやかな笑顔。

今度こそアデルとしては大満足だった。

「はいはいまた脚開いてる〜！　ちょっと油断するとすぐこうなるよね……！」

「うぬっ……⁉」

聖女としての行儀（ぎょうぎ）については、まだまだ修練が必要そうだった。

そしてさらに二日後。

アデルは王城の廊下を歩いていた。

決して急がず慌（あわ）てず、両手は体の前で重ねて、しずしずと。

これもユーフィニア姫とメルルから矯正された歩き方だった。

意識的にこうしているので、とても窮屈である。

今日も身に着けているのは『教育』用のユーフィニア姫が選んでくれたドレス。

廊下をすれ違う者達がこちらを見て何か囁（ささや）き合っているのは、どこか可笑（おか）しい所があるのだろうか？　なんとなく気恥（きは）ずかしい気がする。

時を遡る前のアデルもこの王城にいたわけだが、そもそも盲目であり人の視線には疎かったし、向けられるのは畏怖や畏敬だった。

この雰囲気はそれとは全く違う。とても居心地が悪い。

「やれやれ……さっさと聖女の認定を受けてしまいたいものだ」

そうすれば聖女の『教育』からも逃れられるのだが――

いや聖女の認定を受けても、結局護衛騎士になれずに駐留聖女としてウェンディール王宮に留まる事になるならば、クレアの部下となってしまい『教育』は続くのだろうか。

それは少々、遠慮したい所だ。

時を遡る前は、クレアはウェンディール王国が滅亡した際に消息が知れず、どうなったのかは分からない。

どこかに逃げ延びていたのかも知れないし、既に亡くなっていたのかも知れない。

以前の護衛騎士だったアデルとは一定の距離がある関係だったため、まさかこんな事になるとは思わなかった。

「ともあれ、さっさと用を済ませて戻らねばな……」

アデルが向かっているのは、城の裏庭に位置する花畑である。

その広さはかなりのもので、城の母屋部分の面積と比べて同じかそれ以上の広大なものだという。王都ウェルナの街を彩っている花は、ウェルナフェアという名の、ここの花畑を原産とする花が主になっているのである。

『中の国』ウェンディール王国の象徴であり、『平和』や『調和』を花言葉とし、香水や押し花等にも使われる名物でもある。特にウェルナフェアの香水が有名だろうか。

そういったものも、ここの花畑で育てられたもので作られているようだ。

アデルも足を踏み入れた事はあるが、盲目であったため、その匂いや柔らかい風の感覚は分かっても、風景については分からない。

ある種新鮮な気分で、花畑に通じる大きな扉をくぐると、一気に視界が開け一面の花畑の光景が目に飛び込んで来る。

「おお……！　これは……」

思わず感嘆の声が口から洩れていた。

聞きしに勝る美しさ――白、黄色、紫、青、色とりどりのウェルナフェアの花が、綺麗に植え分けられた整然とした光景。

雲一つない澄んだ青い空との取り合わせが、まるで極上の絵画のようだ。

こんなに美しい光景は、アデルは初めて見るかも知れない。

生まれて初めて見たユーフィニア姫の笑顔を除いては、だが。

「美しいものだな……」

花畑の中を歩いて、その様子を眺めているだけで心が躍る。

アデル自身にも自覚は無かったが、自然と口元が緩み笑みが漏れていた。

暫く歩きながら、花畑の光景に見とれてから、ふと思い出す。

「おっといかん、目的を果たさねば……」

クレアからの指令は、ここの花を貰って来て、ユーフィニア姫の部屋に飾る事だ。

それも聖女のたしなみ、らしい。

特にウェンディール王国は花の街と呼ばれる王都を持つように、文化や芸術方面に洗練された国柄だ。

四大国に全方位を囲まれている状況から、そこを伸ばして強みにしていくしか生き残る術がなかったとも言えるが――

ともあれ現状として、ウェンディール王国で王家に近い位置で働こうというならば、それに相応しい立ち振る舞いは身に付けるべき。

それは聖女であろうと、護衛騎士であろうと変わらない。

というのはクレアの言葉である。

聖女としては別にどうでもいいのだが、護衛騎士としてもと言われると弱い。

「さて、誰か……」

ここの庭で働いている者に声をかけて、花を分けて貰おう。

アデルは人影を探してあたりを見回して歩き——聞き慣れた声を聴いた。

「ヒャッーーハハハハッ！　こんな綺麗なお花畑で働くのも悪かねぇな！」

「俺達には全く似合ってねえけどなぁ！　ガハハハハハッ！」

「でもよぉ！　こんなひたすら土掘り返してるのなんて、奴隷と変わらねえだろ！　だったら俺達にはピッタリじゃねえか！」

「そうだなぁ！　俺達ゃ正真正銘の奴隷だからなぁ！　ワハハハハハ！」

この美しい花畑に全く相応しくない声が、端の方から聞こえてくる。

「お前達、お喋りは構わないが、ちゃんと手も動かせよ！」

「「「へイ！　アニキ！」」」

それを監督しているのはマッシュのようだ。

一応彼等に言っても花は貰えるだろうか。様子見もかねて、そちらへと向かう。

男達は無駄に賑やかで騒がしく、マッシュはそれを見て困り顔。相変わらずの様子だ。

「……マッシュ。楽しそうで何よりだな」

アデルはマッシュに声をかける。

マッシュと顔を合わせるのは数日ぶりかも知れない。

「アデル……！　ど、どうしたんだその恰好(かっこう)は……⁉」

「聖女のたしなみを身に付けるために、ユーフィニア姫様にお選び頂いたものだ」

これについてはもう納得(なっとく)して受け入れた。

ユーフィニア姫がアデルのために選んでくれたのだから。

「そ、そうか。だが、アデルがそんな恰好をしていると新鮮だな……」

「「アネキ！　可愛いっすよ！」」

「ああ、こいつらの言う通りだと思うよ」

「一応礼だけは言っておく。そちらは何も言われていないのか？」

「そうだな。ユーフィニア姫様が、俺達はありのままの俺達でいいなんて仰って下さるからな……本当に器の広いお方だよ。まだお若い故かも知れないがな」

「……羨ましいことだ」

アデルは大きくため息を吐く。アデルはウェンディール王宮への仕官を認められなかったが、マッシュや配下達は認められたのである。

特にマッシュはアデルとメルルの口添(くちぞ)えもあり、メルルと同等の護衛騎士として登用される予定である。

配下達は騎士ではなく城の衛兵として。

ここにいるという事は、持ち場がこの花畑になったのだろうか。

まあ衛兵とは名ばかりで、単に力仕事をさせる雑用要員かも知れないが、それでも普通であれば雇われる事自体に無理がある。

全ては王がアデルをいたく気に入ってくれたから――

王はアデルを護衛騎士にしようとしてくれていた。

無論、ユーフィニア姫も賛成してくれていた。

クレアの横槍によりそれは叶わなかったが、ならばその関係者を召し抱えることにより、アデルの協力をより確かなものにしておく、という事なのだろう。

「す、済まないな……アデルにばかり苦労をさせて」

「いや、それでもユーフィニア姫様のお側にいられないよりはマシだ。護衛騎士ではなく駐留聖女としてでもな」

「ここの駐留聖女にはなれそうなのか？」

「聖塔教団の内部の事は分からんが、ここの駐留聖女筆頭であるクレア殿の思し召し次第という所だな。だからこんな事にも付き合わねばならん」

「なるほどな、とにかくこの先君がどうなるかは分からないが、俺は君に付いて行くつもりだよ。どこか他所に行くというなら、必ず言ってくれよ」

「……安心しろ、そんな事はあり得ん。私は常にユーフィニア姫様と共にある」

「そうか……それで、今日はどうしたんだ？　何か用があってここへ？」

「クレア殿がな。ここからウェルナフェアの花を貰って来て活けろとのお達しだ」

「なるほど……？　だそうだ、皆アデルに花を用意してやってくれないか⁉」

と、マッシュが配下達に呼びかける。

「「「へい！　喜んで！」」」

花畑に似つかわしくないだみ声が響き渡る。

返事がとても良いのは結構なのだが――

「ようしカモッツ……！　アネキのためだ、気合いを入れやがれよ！」

「ヒャハハハハ！　アネキのためなら死ねるぜ俺は……っ！　いつもいいモン見させて貰ってるからなぁ！」

と、ニワトリのトサカのような特徴的な頭をした男が高笑いする。

人相の方も極めて野卑であり、この美しい花畑の光景には全く相応しくない。

「いい度胸だ！　死ぬ気で花を咲かせやがれよ！」

などと言いながら、どこからか椅子やナイフに水の入った桶、白い布や袋を持って来て並べていく。更には、自分達が掘っていた穴の中にカモッツを投げ入れ、首だけ出して埋め始めた。何か山賊式の折檻でも行われそうな様子である。

「何なのだ、これは……姫様も愛する神聖な花畑でおかしなことはするなよ」

「いや、それがな……意外とここには向いているんだよ、こいつら」

「?」

「まあ、見ているといい」

言っている間に、首だけを出して埋められたカモッツ。

そのニワトリのトサカのような特徴的な髪に、男達は手にした袋から小さな何かを取り出して、ぐりぐりと埋め込んでいく。

「「「へへへへ……!」」」

やはり何かの刑罰にしか見えないが、更にカモッツの頭に水を掛け始める。

「「「おらおらおらっ！ 食らいやがれ！」」」

「っしゃあどんどんこいや！」

どう見ても折檻の類なのだが、カモッツ自体は実にやる気に満ち溢れた顔をしている。

「何なのだ、これは……」

だが次の瞬間——

ぽんぽんぽんぽんっ！

カモッツの髪の中から次々とウェルナフェアの花が生えてくる！

「……っ⁉」

「「よーしよし、いいぞカモッツ！」」

言ってカモッツの頭から生えてきた花を切って摘んでいく。

他の花畑を傷つけることなく、花が調達され始めた。

「っしゃあ！　どんどん来やがれ！　ヒャハハハ！」

「な……んだ？　花を成長させる……術法か？」

これにはアデルも吃驚(びっくり)した。

見た目は全く美しくないが、美しい花が量産されようとしていた。

「よくは分からないが……ナヴァラの移動式コロシアムでの改造の結果なんだろうな。あすると花の成長が早くなるみたいなんだ、カモッツは」

「成程(なるほど)な……皆あそこで改造を受けた身だ、何かしらの特技が身に付いているのだな」

水中に強く、超人的(ちょうじんてき)な潜水(せんすい)能力を誇(ほこ)るフィッシャーの例もある。

「ああ。戦いの役に立つかは別にして、な……カモッツの力は、今ここだからこそ役に立つわけだ。コロシアムに捕まったままなら、失敗作扱いだっただろう」

「わあ、すごいです……！　綺麗ですよ」

上から澄んだ柔らかい声。ぱちぱちと手を叩く音もする。

「ユーフィニア姫様！」

見上げるとそこには、空に舞う優美な姿の、翼の生えた白馬の姿が。

神獣ペガサス。天馬とも言われる。ユーフィニア姫と盟約する神獣だった。

「おはようございます。アデル」

たおやかに、おだやかに、自然と人を包み込むような笑顔である。

「おはようございます、姫様」

「おはよ、アデル。今日も可愛いね～？　すっかり着慣れたんじゃない？」

ユーフィニア姫と一緒に乗っているメルルも、ニコッと笑う。

「止してくれ、まだまだ慣れはしていない」

ユーフィニア姫のする事だから、受け入れたし文句は無いが。

「でも似合っていますよ？　今日もとても綺麗です」

「ははっ……！　ありがとうございます！　お褒め頂き光栄に御座います！」

ドレスのスカートの端を持ち上げ、深々と頭を垂れる。

「あ、はい、そうです。上手だと思います」

「……あたしが言ってる時と態度が全然ちがーう」

メルルが唇を尖らせていた。

「仕方があるまい。姫様のお言葉なのだからな」

「あの……アデル、良かったら一緒に乗ってお話ししませんか？」

と、ユーフィニア姫はアデルを天馬の背へと誘う。

「乗せて貰ったらどうだ？　こちらの用意が出来たら声をかけるよ。俺達は乗せて貰えないからな」

マッシュの視線を受け、天馬はヒヒンと一つ嘶く。

が、聖女の能力を持つアデルにはその言葉の意味が聞こえた。

『ったりめーだろコラァ！　このライオン丸め、てめーは男くっせえだけじゃなくて獣くせえんだよ……！』

「……!?　今のは、ペガサスの言葉……!?」

「……あははは、そうですよね。アデルには聞こえますよね、ペガさんはちょっと話し方が独特なのかなあって思っていたんです」

これにはユーフィニア姫も苦笑いしている。

「独特……!? た、確かにそう表現することも可能ですが……」

時を遡る前のユーフィニア姫も、当然ペガサスと盟約をしていた。

ゆえにアデルにとっても初めてではない神獣だが、声を聴いたのは初めてだ。

こんな野卑な言葉遣いをするとは、想像していなかった。

かつてのアデルからは、ユーフィニア姫の忠実な僕たる神聖な存在に思えていた。

ある種、姫に絶対の忠誠を捧げる同志として、尊敬していたのだ。

だがこれではまるで――

「あ、そうか……！ 分かったぞ……！」

ユーフィニア姫がアデルの配下達に対しても、平気な顔をしている理由が。

このペガサスの言動に慣れていたからだ。

「そうですよね、でもわかったんです。ペガさんは変じゃなくて、普通だって……！ わたくしが勉強不足だったんです。だって皆さんと同じですものね？」

にこにこと、清らかで無垢な笑顔だ。

「いや、その……」

単に全員ガラが悪いだけなのだが、ユーフィニア姫にはそれを悪いと捉える感性が無いのだ。何でも、どんな人間でも大らかに受け入れようとするのが彼女である。

「ク、クレア殿は何と仰っているのです……？」

あの礼儀作法に煩いクレアが、神獣とは言えこの天馬の言動を咎めないものだろうか。

「いえ、何も……ペガさんはクレア先生のことが好きではないようで、乗せてくれません し、話してもくれないんです」

『男に用はねえが使い古しにも用はねえ……！　俺に乗る資格があるのは生娘だけなんだ よ！　ゲヒャヒャヒャ！』

という天馬の言葉は、周囲にはブヒヒン位にしか聞こえていない。

つまり、今ペガサスに乗っていたユーフィニア姫とメルルはそうで、クレアはそうでは ないという事だろう。

まあクレアの方が年上なので、人生経験というやつだ。

ましてや聖塔教団は、聖女には積極的に子を残すことを推奨している。

『どーれどれ。アデルちゃん、って言ったか。キミは……』

と、ペガサスは鼻をアデルに近づけてクンクンと匂いを嗅いでくる。

「……何をしている？」

『生娘チェーック！　俺にゃあ匂いでわかるんだよっ！　グヘヘヘ……！　ようしアデル

ちゃん、お前は合格だ！　さあそのムチムチした尻で俺の背中を踏みつけてくれぇ！　今後俺の許可無く、男なんぞに股開くんじゃねーぞ!?　分かったかぁ………っ!?』

絶好調だった天馬の口が急に閉じられる。

アデルが火蜥蜴の尾の炎の鞭を伸ばして、ペガサスの口元をぐるぐる巻きにしたからだ。

そのままガシッと首を胸元に抱え込んで、耳元に囁く。

「貴様……ユーフィニア姫様の神獣だからとはいえ、あまり調子に乗るなよ？　姫様に対する不適切な言動は私が修正してやるぞ……？　少しは大人しくしておけ――」

「あのう？　アデル……？」

「はっ！　何でしょう姫様!?」

「時々、ペガさんの言っている言葉の意味が分からないんです。教えて貰えますか？」

「いえ、その必要はありません！　よからぬ言葉です！　聞く必要はありません！」

アデルは首を振って断り、更にペガサスを締め上げる。

『お……おぉぉぉ……』

「……何か言いたいことがあるか？」

反省しただろうか。口元の炎の鞭を解いてやる。

『お……オッパイをもっと押し付けてくれえぇぇ………！』

「ずっと黙(だま)っていろ！」

再び天馬の口を火蜥蜴の尾(サラマンダーテイル)で塞(ふさ)ぐ。

結局アデル達三人は、花の調達が済むまでの間、口を塞いで黙らせた天馬に乗って空中を散歩していた。

その日の深夜――

アデルは城内の浴場にいた。

大浴場とはまた別の、王宮に詰(つ)める駐留聖女や上級の騎士達が使うための場所だ。

小ぢんまりとはしているが、その分利用する人数も少なく静かではある。

クレアからここを使っていいと言われているので、ここで汗(あせ)を流しているのだった。

今は、アデル一人の貸し切り状態だ。

あえて城の皆が寝静(ねしず)まる頃(ころ)を見計らっているので、狙(ねら)い通りではある。

なぜ一人の時間を狙うかというと、他に人がいるとその女性は当然こちらを警戒(けいかい)せず裸(はだか)になっているわけだが、それを見てしまう事にとても罪悪感を覚えるからだ。

かと言って、男性用の浴場に行けばそれはそれで問題になってしまうだろう。

だからこれしかない。

「ふう……これは、悪くないかも知れんな」

浴室の中に、柔らかで気品高い香りが漂っている。

ウェルナフェアの花が、湯に沢山浮かんでいるからだ。

これは日中クレアがアデルに用意させた花だ。

湯に入れてみると、疲れが取れて、美容にもいいから試してみるといいとクレアに勧められたので、それを実行している。

確かにウェルナフェアの花風呂は割と有名だ。自分で試すのは初めてだが。

美容の効果は分からないが、この優しい香りと湯の温かさは確かに普通に浸かるよりも心地良く、疲労も取れるような気がする。

聖女の『教育』はとても疲れるため、これは有難い。

両腕を横に開いて湯船の端にもたれかかり、力を抜いて天井を眺める。

ほかほかとした湯気。全身を包む湯の温かさ。柔らかな花の香り――

どれもが心地よく、少々うとうととしてしまう。

「はは……いかんな、こんな所で眠ってしまってはな……」

「うん。ダメだと思うよ？」

声と共に、視界を覆う湯気の中に浮かび上がる立派な女性の肢体。

「め、メルルか……っ⁉」

「うん。こんな時間に奇遇だね？　せっかくだから一緒に入ろ？」

ニコッと笑み。

それは若々しさと愛嬌に満ちた少女らしいものなのだが――

体つきの方はもう十分に大人の魅力を備えており、十分に扇情的だ。

特に時を遡る前は盲目で、女性の裸など見た事が殆どないアデルには。

「す、済まん……！　すぐに代わろう！」

思わずどぎまぎしてしまい、アデルは慌てて立ち上がる。

目が見える世界というのは、刺激が強いものだ。

このメルルの裸は鮮烈で瑞々しく、暫く思い出してしまいそうだった。

それ程魅惑的なものであったため、罪悪感もひとしおである。

何か自分がとても卑怯で、悪い事をしたように感じる。

「えぇ～⁉　ちょ、ちょっと待ってよ……！」

と、メルルはアデルの手を掴んで止める。

「そんな風にされたら、避けられてるみたいじゃない。あたしの事嫌い？」

そう心細そうに言われてしまうと、それはそれで心苦しかった。

「い、いや……そういうわけではないが……」

「じゃ、ちょっと付き合ってよ。いいでしょ？」

「あ、ああ……」

こうなっては、少々罪悪感はあるが仕方がない。

悪いので出来るだけメルルの方を見ないようにしつつ、アデルは再び湯船に戻る。

そんなアデルの内心を知ってか知らずか、メルルはアデルの真横に並ぶ。

肩が触れ合いそうなほどに近い。

それには緊張を覚えざるを得ないが、真正面に来られるよりは良かったかも知れない。

正面だと全身が見えてしまうし、見ないようにするのも難しい。

「これウェルナフェアの花風呂？　いい香りだね～。この花どうしたの？」

「クレア殿の『教育』が終わった後のものだ。こういう使い方もあると勧めて頂いた」

「うげ。つまり、あのモヒカンのカモッツの頭から生えてきたやつ……？」

「まあ、そうなるな。だが花に罪はない。どこから生えたかは問題ではないだろう？」

「む……？」

「ま、まあそうだけど……アデルって何かスパっと割り切るところとそうじゃない所が良く分からないよねー？　なんであいつらが平気であたしに照れるのか……」

それはアデルにとっては当たり前で、メルルが魅力的な異性であり、マッシュや配下達は気兼ねのいらない同性だからだ。

しかしメルルにとってはアデルは女性にしか見えていないので、何かちぐはぐに思えるのだろう。とはいえそれは――どうしようもない。

なぜこうなったのかの疑問は尽きないのだが、こうなってしまった以上受け入れる他はない。

今の所は、アデルがまだナヴァラの移動式コロシアムで囚われているような時間に、コロシアムを破壊し、ユーフィニア姫の仇であるエルシエルを討ち、亡くなっていたはずのマッシュやメルルも元気でいる。

それらの上手くいっている状況に比べれば、アデルが女性の体になってしまった事は些細な問題だろう。

「て、照れてなどいない……！」

「ほんとぉ？　どれどれ、うりうりうり……」

悪戯っぽい笑みを浮かべながら、こちらの腕にぎゅっと抱き着いてくる。

割と豊かな胸の感触が、肌と肌で直接伝わってくる。

とても、柔らかく——吸いつくような心地よさを感じる。

「な、何をしている……!? 年頃の娘がはしたないぞ……?」

「何言ってるのよ。自分はマッシュ達の前で平気で服脱いで水浴びしてたんでしょ?」

「そ、それはそうだが……」

「あははっ。おもしろいなあ、アデルって。あ、ひょっとして……!?」

「?」

「……ううん、何でもない。ま、あたしは気にしないから大丈夫だよ?」

謎めいた、悪戯っぽい笑み。

ともあれ、腕を離してくれたのは助かったが。

ユーフィニア姫に平穏な一生を過ごして貰うために時を遡ったのに、これではまだまだ修行が足りないと思わざるを得ない。

アデルは一つ咳払いをする。

「と、所でメルルは何故こんな時間に、ここに? もうとっくに皆寝静まっている頃だろう?」

「いつも大体遅いよ? 姫様とご一緒する時は別だけど——一人の方が嫌な顔されずに済

むしね？」

「嫌な顔をされるのか？」

「ん？　まあほら、前も言ったけどあたしの家は商人の家で、平民出だからね？　やっぱり色々……ね。地位を金で買ったなんて言われちゃったりもするし……実際あたしの見えないところで、実家がそういう事やってないとも限らないわ」

　メルルはふう、とため息を吐く。

「ふむ。では、メルルの実家としてはメルルを応援しているという事だな？」

　と、あえて前向きに言い換えてみる。

「まあそうとも言えるかなあ？　あたしを騎士として出世させて、将来的には貴族の世界の血が欲しいって事なのよね。金を手に入れたら、次に欲しくなるのは地位や名誉……だから学問や武術はいい先生を付けて貰って、凄く努力したわ」

「ああ、その努力は見て取れる。メルルの腕は、マッシュにも匹敵するだろう。その若さで大したものだと思うぞ」

　この間城の騎士達と手合わせをしたが、その誰よりもメルルの方が上だろう。

「いや、アデルもあたしと大して変わんないでしょ……？　いくつなの？　ちなみにあたしは十六歳だけど」

「私も同じくらいだ……多分な」

「多分……⁉　ど、どういう人生歩んできたの……？」

「いや、何でもない。忘れてくれ」

「ま、まあ……ええと何の話だっけ、そう。あたしも騎士に憧れてたから、厳しい訓練も家のコネも、それはいいんだけど……いざ騎士の世界に入ってみると、ちょっと辛いなあって。こうやって愚痴聞いてくれる相手もいなかったしね？」

「……聞くだけなら、いくらでも聞ける。いつでも言ってくれ」

「ありがと。アデルって何か頼りがいあるよね？　言動がちょっと男っぽいからなのかも知れないけど」

「そ、そうだろうか……？」

男っぽいのは当然だろう。男なのだから。女らしい方が問題だと思う。

「うん。未開領域で戦った時、あたしの事守るって言ってくれたじゃない？　そんな事言われたのはじめてだから、何か嬉しかったんだよね。今までずっと、こう……頑張って誰かの期待に応えるばっかりだったから。あ、あたしも甘えちゃっていいんだって」

「私達はユーフィニア姫様をお守りする同志。そのために助け合うのは当然の事……それだけだ。実際メルルの口添えで今ここにいられるし、こちらも助けて貰っている」

「うんうん。アデル達が来てくれて、あたしも助かってるよ。あたし以上にめちゃくちゃ浮いてくれるから、あたしなんか目立たなくなるし。木を隠すなら森……だね？」

「そうであればいいがな……」

アデルはふっと表情を鋭くする。


ひた……ひた……


そんな水の中を歩くような音が、遠くから聞こえてきたから。

メルルはまだ気づいてはいないようだ。

アデルは時を遡る前が盲目であったがゆえ、逆に聴覚や嗅覚は鋭い。

「……？　どうしたの、アデル」

メルルは首を傾げるが――


ひた、ひた、ひた、ひた、ひた、ひた、ひた。

音の数がもっと増えて近づいたところで、気が付いて表情を変える。

「な、何の音……っ⁉」

メルルの声が浴室に響く中、浴槽にいるアデル達を取り囲むように、多数の人影が近づいてくる。

湯気に隠れて朧げな姿だが、それは人の形をしているだけで人ではない。

全てが少し濁ったような色をした、水で出来ているのだ。

「な、何これ……！　誰の仕業なの⁉」

メルルは立ち上がって身構えるが、相手からの返答はない。

同じく水で出来た槍や斧を構えて、じりじりと距離を詰めて来る。

「私かメルルか、どちらかを狙っているのだろう。両方かも知れんがな」

アデルも立ち上がって浴槽から出る。

相手の数は十を下らない。すっかり周囲を取り囲まれてしまっている。

こんなに近づかれるまで気づくことが出来ないとは——

いや逆に、すぐ近くに現れたという事か。

何者かがこの水の兵を送り込んできたのだ。

しかしこの敵の正体は——？

「メルル、聖域は感じるか？」

「ううん。感じないよ。でも瘴気も感じない」

聖域内で行使された術法でもなく、魔物でもない。

「ならば……」

『左様だ、アデルよ。水霊ケルピー、決まった体の形を持たぬ神獣だな。捉え処のない奴ゆえに、人に使われているのは珍しいがな』

頭の中に、アデルの影に同化しているケルベロスの声が響く。

「ケルピーという神獣だそうだ、メルル。ケルベロスが教えてくれた」

「……！　じゃあ聖女様の誰かがあたし達を……⁉　そんな……」

「気にするな、降りかかる火の粉は払うのみ。そもそも聖女など、聖人君子でも何でもない。それはユーフィニア姫様だけだ、聖女の力など関係なくな」

言いながら、アデルはケルベロスと同調し聖域を展開する。

メルルが術法を使うためのものだ。

「……うん！　ありがと、アデルがいてくれないと危なかったかも」

メルルがそう言ったので、アデルはふと思う。

もしかしたら時を遡る前にメルルが亡くなってしまったのは、このケルピーの仕業だった可能性もある。

今はアデルが一緒にいてメルルも聖域を利用できるが、そうでなければ術法無しで神獣の相手をせざるを得なくなっていたのだ。

ならば居合わせて良かった。そう思っていると——

ぴたり、とアデルとメルルの背中が触れ合う。当然、肌と肌が直接。

メルルが周囲を警戒しつつアデルと背中合わせに立ったのだ。

当然、腰（こし）の下にあるものもぴったりと触れて——

「うぉっ……⁉　め、メルル、何を……⁉」

「今は恥（は）ずかしがってる場合じゃないでしょ！　目の前の敵に集中！」

逆に怒（おこ）られてしまった。

「あ、ああ……！　来るぞ！」

「付与術法（エンチャント）！　我（わ）が身体に炎の力を……ッ！」

メルルの裸体（らたい）が、紅（あか）い炎の色に輝（かがや）き始める。

自分自身の力を増す、付与術法だ。

「無理をするなよ、メルル！」

「うん、でも大丈夫……！　たまには護衛騎士らしく、聖女様を守って見せるから！

風妖精の投槍（シルフィードスピア）！」

浴室の出口の方から、真っすぐに飛んでくる術具の槍。

メルルは風妖精の投槍(シルフィードスピア)をしっかりと掴み、ぐるんと大きく旋回(せんかい)させてから隙(すき)の無い構えに移る。

こちらには得物は無い。撃破(げきは)はメルルに任せて、『錬気収束法』で足元の動きを中心に強化して、身を守る事を優先すべきか――

アデルがそう考えていると、頭の中に声が響く。

『アデルよ。我を聖域のためだけに便利遣(づか)いするなよ……！　たまには外に出して戦わせろ。体が鈍(なま)ってしまいおるわ……！』

「む……？　そうだな、いいだろう……！」

聖域は忘れなかったが、ケルベロスを召喚(しょうかん)して戦わせる発想がなかった。

敵が現れたらまず自分で戦う事を考えてしまう。

まだまだ気の術法を使う、黒騎士や剣聖(けんせい)の異名を取った護衛騎士として戦いを考えている証拠(しょうこ)だ。

「出ろ！　ケルベロスっ！」

アデルの声に応じ、ケルベロスがその場に実体化し、高らかに咆哮(ほうこう)する。

『さあ、アデルよ。我の背に乗っているのだな。たまには聖女らしく、高みの見物をしているがいい。我の獲物を取るなよ』

「血の気の多い奴だな……！」

『無論よ……！　戦いの経験を積み力を高め、我が一族に伝わる黒き炎をこの手にするのが我が望み！　戦いは多ければ多いほど良い……！』

「では見せて貰うぞ……！　メルルを巻き込むなよ！」

言いながら、アデルはケルベロスの背に飛び乗る。

じっくりとケルベロスの戦いぶりを見させて貰うのもいいだろう。

未開領域でのエルシエルとの戦いでは、一対一であのエルシエルの四神である玄武を抑え込んでいた程の実力だ。一見の価値がある。

『万事、任せておけッ！』

ケルベロスがケルピーの水兵達の囲みに突進。

巨体に似合わぬ猛烈な勢いは、まるで景色が一瞬で切り替わったかのようだ。

複数の水兵達がその勢いを避けられず、壁まで弾き飛ばされる。

凄まじい勢いで石壁に衝突。バシャンと弾けて形を失っていた。

難を逃れた水兵は、左右からケルベロスに迫ろうとする。

その動きは意外と速く、まるで一人前の騎士の動きである。

だが――

『遅いわッ！』

ケルベロスは身を捻り、長い尾を振り回す。

それが左右の水兵を薙ぎ倒し、やはり壁に叩きつけて形を失わせる。

が――それが全てではない。

二体の水兵は反応鋭く、ケルベロスの尾を飛び上がってかわしていたのだ。

そのまま武器を振り上げ飛び込んで来る。

「避けているぞ！」

『フンッ！　言われずともッ！』

ケルベロスが一度グッと身をかがめ、強く地を蹴って跳躍する。

あっという間に攻撃の間合いを外し、グンと壁際まで跳んで行く。

そのままでは激突しそうな勢いだが――身軽に身を捻ると後ろ足で壁を蹴って反射。

ダンッ！

勢いを更に増し、反撃してきた二体の水兵に逆に突進。

簡単に弾き飛ばして形を失わせた。これまでで一番盛大に水兵が弾け飛んでいる。

ダダンッ！

勢いを殺さず更に石床を蹴り、さらに壁の反射で勢いをつけて別の水兵も攻撃する。
それを何度も繰り返し、敵を殲滅していく。
「け、結局あたしがいいとこ見せられないんですけど……っ!?」
メルルが悲鳴を上げているが、メルルもちゃんと水兵を槍で倒してはいる。
点で突く攻撃では効果が薄いため、大きく槍を振って柄で殴り倒すように。
相手の特性を見計らって動きを変える、堅実な対応がしっかり出来ている。
ただ、ケルベロスの殲滅速度が速過ぎるだけだ。
「やるではないか……！」
『フハハハッ！　軽い軽い！』
その巨体と発達した筋肉に見合った力に、目まぐるしく動き回る俊敏性。
やはり相当な実力。自分が手合わせをしたのなら、かなり面白い戦いになりそうだ。
武人としては、少々その想像に心が躍ってしまう。

あくまでユーフィニア姫が第一ではあるが。

「だが、決して乗り心地は良くないぞ？」

こんなにも激しく、目まぐるしく、乗っている者を振り回すのだから。

『そなた程の腕があれば、何も問題はあるまい……!?』

「だが聖女らしく高みの見物……とは行かんな、動きが激し過ぎる」

これが普通の聖女なら、ケルベロスが最初に壁を蹴った所で振り落とされて大怪我だ。

『フッ。注文の多い聖女様だ……！』

ケルベロスは鋭い爪の生えた右前足を振り上げ、水兵を薙ぎ払って仕留める。

――これで最後。襲ってきた水霊ケルピーの水兵達は全て形を失った。

「……お、終わった……のかな？」

「いや、まだだな。むしろこれからだぞ、メルル」

「？　何をするの？」

「無論、これを行った犯人を捕らえるのだ。神獣が絡んでいる以上、それが聖女であることは間違いがない。人を暗殺しようなどと、聖職にあるまじき振る舞いだ。後悔をさせてやるぞ……！」

「うん。でも……こんなに恨まれてるなんて、ちょっとショックだな……そんなにあたしがここにいるのって、悪いことなのかな？」

　ぱちんっ。アデルがメルルの背中を叩くと、少し水に濡れた柔肌はそんな音を立てる。

「きゃっ……!?」

「しっかりしろ！　何もメルルを恨んだ犯行と決まったわけでもないだろう。私を狙っていた可能性もある……いや、私達をここに引きつけて、姫様の御身を狙っている可能性もある！」

「……！　そ、そうだよね……！　あたし達の事より、そっちだね……！」

「ならば今、我々が為すべきことは何だ？」

「姫様の安全確保！」

「そういう事だ、行くぞ……！」

「うん……！」

　アデルとメルルは頷き合うが、それをケルベロスが制する。

『いいや、まだ終わってはおらぬぞ、アデル。あれを見ろ……！』

「む……!?」

　ケルベロスの視線の先――

　そこにはケルベロスとメルルによって叩き潰された水兵の体が集まって、大きな一つの姿になろうとしていた。

「お、大きい……!?」

メルルが再び槍を構えながら、声を上げる。

「元は一つの存在だったというわけか……」

複数の水霊ケルピーがいたわけではなく、元々一つの存在が体を分割していた、と。

「特に弱ってる様子もないよね……？　ただ殴ったり斬ったりは通用しないって事だね」

「ああ、そのようだな」

となると、先程とは別の攻撃を――

『クククッ。そんな事は初めから分かっておるわ……！　これを待っておったのよ』

「ほう……？　何か考えがあるのか……!?」

『ああ任せておくがいい……！』

ケルベロスは自信に満ち溢れていた。

「メルル、ケルベロスに考えがあるそうだ……！」

「え……プリンちゃんが!?」

『我をその名で呼ぶなッッッッ！』

グオオォォッ！

ケルベロスが不服そうに唸り声をあげる。

『ひゃはは……！　あんたプリンちゃんって言うのかぁ、プリンちゃーん。はははは』

ケルベロスとは違う、また別の声。

一体どこから出しているのかは分からないが、恐らく目の前のケルピーのものだろう。

『黙れッ！　すぐさまその口を利けぬようにしてくれるわ……ッ！』

ケルベロスは首を大きく振り上げる。

大きな口には、紅蓮に燃え盛る炎の姿がちらついていた。

「……！　ちょっと待て……！」

しかし、止まらない——！

スゴオオオオオオオオオォォォォッ！

凄まじい勢いで噴出する炎の息はあっという間に大きくなったケルピーの体を包み、その水の体を蒸発させていく。

『おおおおぉぉぉ…………っ⁉』

その声が掠れて、消えていった時――

やや濁った水の色をした体も、綺麗さっぱり消滅していた。

『フン……！　余計な口を利くからこうなるのだ、他愛もない……ッ！　だがどうだ、アデルよ？　言った通り仕留めてやったぞ、感謝をするのだな。ククク……！』

ケルベロスは満足気に胸を張るが、アデルはそれを叱りつけた。

「何をやっている……！　待てと言っただろう！」

『ぬ……？　ケルピーは倒してやっただろう、何の文句が……』

「大ありだ！　あれを見ろ！」

それは、ケルベロスが噴き出した猛烈な炎に晒された浴室だ。

壁や床が焼け焦げ、崩れ落ちてしまっていた。

更にそれだけでなく――

「「か、火事だーーーーっ！」」

「「浴場から火が出たぞ……！」」

「「燃え広がる！　早く消せ……！」」

城が火事になりかねない、まずい状況になっていた。

『ぬ……？　ははは。威力があり過ぎるというのも、考えものだな』

「ふざけた事を言っていないで、消火を手伝え！　そこの浴槽の湯を口に含んで、水鉄砲のように吐き出して火を消すのだ！」

『む、むう……仕方あるまいな――』

「よし行くぞ！　急げ！」

「アデル待って！　服！　服着ないとダメだよ……！」

ケルベロスの水鉄砲の活躍もあり、その後の消火は迅速に行われた。

騒ぎを聞きつけたユーフィニア姫も起き出してきて、無事は確認できた。

事の経緯を王や姫やクレアに説明して尋ねた所、この王宮の駐留聖女の面々に、神獣ケルピーと盟約している者はいないそうだった。

あくまでその情報が確かであれば、だが。

ともあれ、犯人の消息はそこで一度途切れてしまう事になった。

そして、それから聖女の認定を受けにアルダーフォートに出立するまでの間は、ケルベロスが破壊した浴室を修復する作業に追われる事になった。

自分が召喚したケルベロスが引き起こしたことであるため、責任は自分にある。

ただ一つ良かったのは、その土木作業の間は、聖女の『教育』を免れた事だった。

第4章◆認定の儀式にて

直轄都市アルダーフォート。

世界最大の権威である聖塔教団の総本山でもある。

ウェンディール王国の王都ウェルナからは、二日で到達する近場である。

領土としてはウェンディール王国内に存在するのだが、直轄都市の名の通りウェンディール王国が聖塔教団に支配権を献上しており、王国の権威の及ばぬ場所である。

とはいえそうする事により、ウェンディール王国は聖塔教団の権威からの庇護を受けることが出来、四方を囲む四大国からの侵略を防ぐことが出来ている。

聖塔教団としても、自分達に縋るしかない小国が地域を支配している事は都合がいい。

教団の庇護を必要としない強国がこの土地を支配すれば、自分達の今ある権利が失われてしまいかねないから。

持ちつ持たれつの事情がある事が、聖塔教団とウェンディール王国が良好な関係を保っていられる最大の要因である。

アデルが時を遡る前の世界では、この街にある中央聖塔の崩壊から、全てが瓦解していってしまったが。

そういう意味では、今アルダーフォートを訪れておくのは良いかも知れない。

中央聖塔に何か異変は無いか――様子を探る機会になる。

アルダーフォートの街は、広大な窪地の内側に位置している。

街の外縁部分は聳え立つ巨大な防壁に囲まれており、王都ウェルナなどより余程外敵に対する防御力も高そうだ。

その中央に位置するのが、中央聖塔。

巨大な防壁を更に上回る高さであり、圧倒的な存在感をもってそこに存在している。

まるで天に届かんばかりだ。

「これが中央聖塔……聖塔教団の総本山、アルダーフォートか――」

街に臨む丘の上で、マッシュが圧倒されたように呟く。

同じような反応をしているのは、マッシュだけではない。

近くには多くの巡礼者もアルダーフォートを目指しており、彼等も丘の上で一度足を止め、有難そうに中央聖塔への祈りを捧げている。

「このアルダーフォート一帯がこういった地形になっているのは、神獣や我々人間を創造した女神アルマーズ様がこの地に中央聖塔を突き立てられた際の衝撃で、大地に大穴が開いたからだと言われています」

「地形を変える程の勢いで突き刺した……という事ですか。凄まじいものですね」

クレアの解説にマッシュが頷いている。

顔こそ獰猛な獅子のそれだが、冷静な性格で知的好奇心も旺盛なマッシュは、クレアの有難い講釈を興味深そうに聞いている。

周囲の巡礼者達に配慮してか、顔はフードで覆ったままだが。

「そうでもしなければ、中央聖塔を打ち建てる事は出来なかったのでしょう。ここは女神アルマーズ様にとっても敵地。邪神の怨念が魔物を生む厳しい土地で我々を生き永らえさせるため、最後の力を振り絞られたのです」

「……太古の昔、女神アルマーズ様は自らが生み出した人間を守るため邪神と争い、それまでの世界は滅んだ――激しい争いに傷ついた女神アルマーズ様には、新たな世界を生み出す余裕は無く……打倒した邪神の死骸の上に土を敷き詰め草木を植え、僅かに生き残った人々の新たな住処とした。だが邪神の怨念が瘴気として地面から噴出し、魔物と化す土地で生きていくには、我々は力弱く……そこで新たな大地の中心に中央聖塔を打ち建てることにより、人々が安全に住む土地を確保する方法を授け、そして自らの僕たる神獣達に人々を託した後、力尽きてお隠れになった……邪神棺理論ですね」

聖女の召喚術は、人々を守るという女神が与えた使命の履行を、神獣に求めるというのが本質である。聖女にしか召喚術が扱えないのは、女性がより女神に近い存在だから。

聖女達と神獣達は、中央聖塔を模した聖塔の製法や未開領域に踏み込む際に身を守るための術法を編み出し、人々はこの邪神の死骸の上の世界を生き抜いてきた――

それが、聖塔教団の語る世界の歴史である。

「……その通りです。よく勉強をなさっていますね」

クレアは満足そうに頷いた。

特にマッシュに拒否感を示すという様子も無い。

メルルに聞くと、クレアはメルルに対しても、別に出自がどうとかで態度を変えるという事は無いようだ。

単に自分に対しても誰に対しても、聖塔教団の教えや規律に敬虔であることを求める人であり、そういう意味では聖女らしくないアデルに対しての態度が最も厳しい。

「ヒャハハハハ！　おい、聞いたか⁉　あの塔を女神様がぶっ差したってよぉ……⁉」

「だったらそいつはとんでもなくデカくて、筋肉モリモリのゴツい女だろうなあ⁉」

「それはもう女じゃねえな、ゴリラだろ！　雌ゴリラの神様だ！」

「ひえええぇぇ～、ありがたくねぇ～～～～！」

「「違いねぇな！　ギャハハハハッ！」」

フードで顔は隠しても、一応王国の兵士の服を着ていても、その品性は隠しきれるものではなかった。マッシュと違って、こちらは悪い意味でだが。

これでも王城の衛兵なので、何人かが姫の移動の馬車を動かすために付いて来るのはごく自然な事だった。残念ながら。

「お前達！　失礼な事を言うなッ！　ここがどこだかわかっているのか⁉」

マッシュが慌てて配下達を黙らせている。

「フフ……ッ。確かにそうかも知れんな……」

だがアデルは少々笑ってしまった。なるほど素直に逸話を解釈すると、女神アルマーズの姿はそうなってしまうのだろうか。

失礼な事この上ないのは確かだが、メルルやユーフィニア姫までも、笑いを噛み殺して下や横を向いていた。

「アデルさん！　何を笑っているのですかッ！」

クレアのカミナリがアデルに落ちる。

「は……っ⁉　す、済みませんクレア殿……！」

「彼等はあなたがお連れになった方々でしょう！　聖女になろうというあなたが付いていながらあの不敬、不勉強ぶりは何です⁉　あなたがきちんとした姿勢で啓蒙して差し上げなければならないのに、何を一緒になって笑っているのですか！」

「し、失礼しました……！」

とアデルが頭を下げている間にメルルとユーフィニア姫は真顔に戻り、知らんぷりをしていた。笑いを堪え切れなかった自分の負け、である。

そんな調子で、街に臨む丘を下り街の中に入り、中央聖塔を囲む広大な大聖堂へと近づいていく。

「本当に圧倒的な存在感だな、近づけば近づく程に……」

「そうだね、分かるよ。何度見ても頼もしいよね」

マッシュもメルルも感嘆の声を上げ、それを見るクレアは満足そうだ。

「ええ。原初にして最大の、女神アルマーズ様の恩寵です。これからも永遠に、私達をお見守り下さる事でしょう」

「……そう信じさせるものがありますね」

「はい、クレア様……！」

マッシュとメルルはクレアの言葉を素直に受け取っていた。

が、アデルにはそうは思えなかった。

だから無言で、彼らの話を聞くだけにしておいた。

時を遡る前の世界では、中央聖塔が崩壊したという事を知っているし、何より――

見えるのだ。

いや見えるというより、感じる、だ。

外見上は、マッシュやメルルが言うように立派なものだ。

傷一つなく磨き上げられているように見える。

だが外見ではない、中身。力の流れの部分。そこでは――

中央聖塔はボロボロに老朽化し、もはや崩れ落ちても不思議ではないほどに傷だらけである。そしてその傷からは、今にも瘴気が吹き出しそうな状態であるように思える。

（何故だ……）

アデルは心の中で呟いていた。

なぜ自分には中央聖塔がこんな今にも崩壊しそうな状態に感じられるのか。

これでは時を遡る前に中央聖塔が崩壊したのも頷ける。

もはやいつそうなってもおかしくない状態なのだ。

そして、クレアにはそれを感じているそぶりが無いのは何故なのだろう？

自分の感性が間違っているのか、それともクレアが見て見ぬふりをしているのか。分からないが、実際に中央聖塔が崩壊間近だとして、それが世間に全く知られていないのは何故だ。

時を遡る前も、そんな話は聞いた事が無かった。

ある日突然、中央聖塔が崩壊したという話しか聞いていないし、その場に居合わせたわけでもない。

聖塔教団は気づいていて隠蔽していたのか？

もし隠蔽せずに全世界の知恵を合わせて何か手を打っていたのなら、崩壊は避けられたのではないか。

何の情報も無く中央聖塔が崩壊したせいで、ウェンディール王国はその罪を着せられ滅ぼされる事にもなってしまったのだ。

それがユーフィニア姫の運命を転落させてしまったのである。

様々な考えが次から次に巡っていくが、ともあれ自分が見ているものとマッシュやメルルが見ているものが違い過ぎる。

クレアも目の前にいる事だし、迂闊にこの状態について口に出すわけにはいかないだろう。ユーフィニア姫に相談するのも、少々悩ましい所だ。

そういえば、ユーフィニア姫にはどう見えているのだろう？
気になって表情を窺ってみると姫はこちらを見ており、目が合って微笑まれた。
とても美しく心が癒されるが、何を考えているかは分からなかった。
ともあれ慎重に。
だが何らかの手を打つことは、急がねばならない。
ユーフィニア姫には何も憂う事なく、幸せに過ごして貰いたいのだ。
悩みなどない方がいい、波乱など起きない方がいいのだ。

うふふふふっ――
あはははは……

アルダーフォート大聖堂内部――
その一室に、アデルとユーフィニア姫と、他に一緒に認定の儀式を受ける数名の若い女性達が待機していた。既に全員揃いの純白の儀礼服に身を包んでいる。

ユーフィニア姫はウェンディール王国の姫であり他の聖女候補達に顔を知られているし、儀式が無事に終われば史上最年少の聖女の誕生だ。話題性に事欠かないし、本人の大らかで朗らかな性格もあり、控室は華やかな談笑の場と化していた。

儀式が終わるまでの間、マッシュやメルル達は大聖堂内部の別室に待機している筈だ。

恐らく、今回ユーフィニア姫が儀式を受けるのは、時を遡る前より早いはずだ。

前はユーフィニア姫が史上最年少の聖女だとは聞いていないから。

アデルが時を遡った影響でこうなっているのなら、その甲斐があったというものだ。

ユーフィニア姫を彩る名声が高くなるのならば、アデルにとっても鼻が高い。

「それでは皆様。準備が整いました……私に付いてお越し下さい」

神官衣の男が部屋にやって来て、儀式に臨む聖女候補達を促した。

アデル達は部屋を出て、神官に付いて通路を進む。

少し行くと、円形の大きな広場に出る。

屋根が無く、足元は滑らかに艶光りする石畳だ。

しかもあちこちに、キラキラと輝く宝石のような石も埋め込まれている。

それぞれの石からは明確に神獣の気配を感じる。

神滓結晶。神獣がその生を終える時に残す遺物だ。

それが惜しげも無く使われているのだ。大した見物であり、壮大な光景だ。

そして神滓結晶の石畳の真ん中には、中央聖塔が聳え立っている。

ここが本当にこのアルダーフォートの中心部だ。

世界の中心部と言ってもいい。

人々がこの世界で暮らしていくための大前提、聖塔による土地浄化の出発点でもある。

聖女が聖女たる誓いを立てるには、相応しい場所であるのだろう。

「まあ……何て美しい場所――」

「こんなにも間近で中央聖塔を見上げることが出来るなんて……」

「感動的ですね、本当に……」

聖女候補の娘達は皆一様に、この場に立って感激をしているようだ。

だがアデルにはとてもそうは思えない、近づけば近づく程に中央聖塔の異変が気になって仕方がない。

こうしている間に、今にも崩れても不思議ではない。

近づいて大丈夫なのだろうか。心配になる。

「アデル、少しいいですか？」

最後尾をしずしずと歩いているユーフィニア姫が、少し足を止める。

「はい姫様。どうか致しましたか？」

「変な事を聞きますけれど……アデルにも中央聖塔は皆さんと同じように見えますか？」

ユーフィニア姫は声をひそめて、アデルに囁く。

「……！」

そんな事をわざわざ聞くという事は――

「……では姫様にも、中央聖塔は今にも崩壊しそうに見えるのですか……!?」

「……！　そ、そうです……！　アデルにも分かるのですね……!?　そうですか、わたくし一人だけがおかしいのかと……良かった……」

ユーフィニア姫は心底ほっとしたような表情を見せる。

そしてその後、思い直したかのように首を振る。

「あ、いえ、良かったというのはおかしいですね。あんな状態がいいはずがありませんから……」

「姫様。異変にお気づきになられたのは、恐らく今回が初めてでは……？」

でなければ、あんなに深刻そうな、そしてほっとした表情はしないだろう。

「ええ……はじめてあの中央聖塔を見た時から、いつ来て見ても同じように見えるのです……ですが他の方には、何も見えない様子で……」

「そうですね。とても違和感がありますよ……なぜ我々以外の人間は何も感じていないのか……クレア殿すら、何も気づいていない様子でした」

「……わたくしも一度クレア先生に尋ねた事があるんです。ですがそんな不謹慎な事を考えてはいけないと叱られてしまって……」

それで、口外する事は止めたのだろうか。

時を遡る前のアデルは、ユーフィニア姫からこのような悩みを聞かされたことは無かった。そして聞かされても分からなかっただろう。

中央聖塔崩壊前のアルダーフォートに訪れた事もあったのだ。

盲目故その姿を見る事は出来なかったが、だが確実に今回異変を感じた距離には近づいていた筈だ。

だが何も感じなかった。

あの時の自分は、姫の心の内にある悩みに、寄り添う事が出来ていなかったのだ。

「……申し訳ございません、姫様。これまで、姫様のお悩みを察することが出来ず……」

アデルはユーフィニア姫に深々と頭を垂れる。

「い、いえ……アデルは中央聖塔は初めてでしょう？　分からないのは当然です。顔を上げて下さい」

「はっ……」

「ふふふ……これでわたくし達、共犯ですね？　とっても大事な秘密を隠している——」

「光栄です。それがどんなものであれ、姫様の御心に寄り添う事が我が喜びです」

「ありがとうございます、アデル……あなたがわたくしを思ってくれる程、わたくしはあなたに報いてあげられるわけでもないのに……」

「いえ、既に十分報いて頂いております」

　時を遡る前に、人生を変えて貰った程に。

　無論今のユーフィニア姫に分かるはずもないだろうが、それでもアデルの気持ちは変わらない。

「？　そうですか？　覚えは無いのですが……うーん、でもアデルがそう言うなら、甘えてしまいますよ？」

「はい。好きなだけそうして下さい」

「では……」

　と、ユーフィニア姫はそっとアデルの手を握る。

　白磁のような滑らかな白い手は、柔らかく温かく、そして小さい。

　必ず守り抜いて見せる——そう思えて仕方がない。心の底から。

「少し、手を繋いでいて下さい？　あの様子の中央聖塔を前にすると、どうしても恐ろしくて……」

「ええ。ご安心を、何があろうと必ず姫様はお守りいたします」

「ありがとうございます……とても頼もしいです」

ユーフィニア姫は少しほっとしたような笑みを浮かべる。

「それでは皆様、こちらにお並びを」

中央聖塔の、すぐ手前。

神官が聖女候補達を横一列に並ばせて待機させる。

「少々お待ちを。間もなく本日の儀式を司る大聖女様方がお越しです」

その言葉通り、少し待っていると、広場の奥側からこちらにやって来る人影が。

神官に先導され、護衛騎士であろうかなり若い男女に警護されているのは――

老齢の域に差し掛かった、穏やかな雰囲気の老聖女。

そしてもう一人、背が高く凛とした顔立ちをした薄紫色の髪の女性だ。

「……！　何故だ……!?」

アデルは思わず、呟いていた。

戦の大聖女エルシエル。倒したはずだ、あの未開領域で。

後顧の憂いはあそこで断ったはず。またこちらの前に立ち塞がろうというのか。

しかもユーフィニア姫のいる前に現れるとは。

「どうしました？　アデル？」

ユーフィニア姫がきょとんとする。

「い、いえ……何でもありません」

危機を未然に摘むという意味では、今すぐエルシエルに襲い掛かって再び倒すべきだ。

が、この状況でそんな素振りを見せれば、この大聖堂の全てを敵に回すことになる。

流石にそれは出来ない。ユーフィニア姫まで危地に晒すことになる。

倒すにしろ、向こうが何か決定的な動きを見せてからだ。

しかしそもそも何故、生きている――？

未開領域で倒したエルシエルは何だったのか。偽者なのだろうか？

だとすればこれは本物なのだろうか？

いやそもそも、時を遡る前にアデルが倒したエルシエルは本物だったのか？

そんな事まで疑問に思えてくる。分からない事だらけだ。

こちらの動揺をよそに、神官は厳かに告げる。

「大聖女テオドラ様、大聖女エルシエル様に御座います。本日はお二方の大聖女に儀式の立ち会いを頂きます」

「まあ、七大聖女のうちのお二人にも……」

「塔の大聖女様と戦の大聖女様に祝福を頂けるなんて」

「光栄な事ですね」

他の聖女候補達は、二人の大聖女の登場を素直に喜んでいた。

聖塔教団の聖女のうち、特に能力の秀でた七人のみがその位を認められる聖女の最高峰。

それが七大聖女であり、その名声は一国の王にも匹敵するだろう。

戦の大聖女エルシエルはアデルも良く知っている仇敵だが、塔の大聖女テオドラの名もまた、聞き及んでいる。

聖塔の創造、建立の能力に優れ、何でも史上最も多い数の聖塔を打ち建てた聖女だという事だ。ゆえに塔の大聖女と呼ばれる。

聖塔を建て土地を浄化し人々の生活圏を確保する事は、聖女にとっても最も本質的な役目であり、重要な使命であるだろう。その事は別にアデルも否定しようとは思わない。

最多の聖塔を打ち建てたという事は、最も人々のために貢献した聖女だという事。

この年齢まで大聖女を務め上げている事もあり、聖塔教団にとっても象徴的な人物だろう。

時を遡る前の大戦の時代では、ウェンディール王国を滅亡させた北国同盟が直轄都市アルダーフォートを押さえた際に囚われの身になったと聞く。

その後大戦末期になってから中央聖塔の機能は一部修復されたと聞いたので、それには彼女の尽力があったのだろうか。

聖塔に関しては第一人者であるから、中央聖塔にもまた詳しいのだろう。

「大聖女様であれば、私達に見えるものをご理解頂けるでしょうか……？」

ユーフィニア姫がアデルにそっと囁いてくる。

「迂闊に口に出すのは危険です、姫様。お話しなされるにしても儀式を終えた後、他の者がおらぬ場所に致しましょう」

「ええ、そうですね……分かりました。アデルがいてくれて頼もしいです」

「いえ。私などまだまだ、それほどのものでは……」

現に今、アデルはエルシエルのほうに注意が行っていて、それ所ではないというのが正直な所だ。そんな風に屈託なく頼もしいと言って貰えるような器ではない。

だが必ずユーフィニア姫は守り通す。

もう二度と、主を失う事は繰り返さない。

『熱くなり過ぎて我の存在を忘れるなよ、アデル。何かあれば即座に呼び出せ、エルシエルの喉笛を噛み千切ってくれるわ』

ケルベロスの声が、アデルの頭の中に響いてくる。

アデルは無言で頷いて、その声に応じる。

少々その助言に、感謝した。

一人でユーフィニア姫の護衛騎士を務めていた頃に比べて、今のアデルは聖女の力を身に付けケルベロスを味方とすることが出来る。

今は別室にいるがマッシュやメルルもいる。何かあれば二人も駆けつけてくるはずだ。

正直言って個人のみの戦闘力で言えば、時を遡る前の剣聖アデルの方が上なのは間違いがない。

だが今のアデルは一人ではない。

以前とは違うやり方で、個ではなく集団でユーフィニア姫を守れと。

それがアデルを過去に遡らせたあの少年の意図なのだろう。

「大聖女様の御前でございます」

「皆様、ご拝礼をお願いいたします」

二人の大聖女の側に付いている二人の護衛騎士が、続けてそう呼びかける。

それぞれ少年と少女で、二人ともアデル達と年齢はそう変わらないように見える。

よく似た顔立ちをしており、双子か兄妹だろうか？

髪の色も同じ水色がかったもので、ますます印象が似ている。

アデル達も含めた聖女候補達は、護衛騎士の二人の声に応じて聖塔教団の聖女の拝礼を行う。聖女の『教育』でしっかり仕込まれてきたため、これは完璧である。

それを受ける大聖女テオドラも同じように礼を返し、穏やかな様子で聖女候補達に微笑みかける。

「そう硬くならなくとも大丈夫ですよ、皆さん。よくぞアルダーフォート大聖堂にお越し下さいました。女神アルマーズ様のお遺しになったこの中央聖塔に触れ合い、その大いなる愛を感じて下さい。そして全ての人々にあまねく平穏をもたらすための使命に、身を捧げる事を誓い合いましょう」

大聖女テオドラはそう言うが、こんな今にも崩壊して瘴気を吹き出しそうな状態の中央聖塔に触れて、女神の愛など感じられるのだろうか。甚だ疑問である。

どちらかと言えば邪神の怒りや呪いの方が感じられそうな有様である。

瘴気に触れてユーフィニア姫の体調が悪くなったりしたらどうしてくれるのか、と問いたい気分である。

「さあ皆様、もっと中央聖塔に近づいて下さい。一人ずつ聖域を広げて手を触れ、聖なるお務めへの宣誓をお願いいたします」

エルシエルが大聖女テオドラに続いて指示を出す。

その口ぶりには気品があり、アデル達を襲ってきた時のような様子は感じられない。

じっと見つめているこちらと目が合っても、微笑んで見せる余裕ぶりだ。

単に演技が上手いだけなのか、前に倒したエルシエルは偽者で、アデルの事は分からないのか、その様子からは判断できない。

「さあ、そちらから……どうぞ」

と、大聖女テオドラが柔らかな笑みで聖女候補の一人を誘う。

順番的にアデルが最後で、その一つ手前がユーフィニア姫の番となる並びだ。

出来ればこちらが姫の先が良かった。

何か異変を感じたらその時点で儀式を止めることが出来たのだが。

ともかく、エルシエルを前に一瞬たりとも油断はできない。

いつでもケルベロスを召喚できるように。

また、儀礼服の脚の内側に隠してある火蜥蜴の尾を即座に抜けるように、臨戦態勢で成り行きを見守る。

「はい、分かりました」

呼ばれた聖女候補が聖域を展開し、前に進み出る。

聖域の広さは十数メートルに満たないくらいで、アデルより少し狭いくらいか。

神淬は、かなりか弱く感じる。アデルよりは大分落ちるだろう。

一般的な聖女の力量というのが良く分からないが、どうなのだろうか。

その聖域を感じ取った大聖女テオドラが、微笑みを浮かべる。

「お上手ですよ、さあどうぞ……」

新人の聖女としては、悪くないと言った所だろうか。

エルシエルも何も言わないが、小さく頷いたようにも見える。

中央聖塔に誘われた聖女候補の少女は、緊張した面持ちで女神への宣誓の言葉を述べ始める。これも、アデルはちゃんと述べることが出来る。

聖女の『教育』で事前に詰め込まれていたからだ。

「大変結構。では次の方、どうぞ」

大聖女テオドラの指示で、次々聖女候補達が儀式を行っていく。

皆順番に聖域を展開していくので、他の者の力量を観察できるのは良かった。

最初に見せて貰った聖女候補の聖域は、結果的にはこの中ではかなりいい方だったように思われる。

アデルとユーフィニア姫を除いては、一番手か二番手かと言った所だ。

大聖女テオドラはお上手ですと褒めていたが、あれはあながちお世辞というわけでもないのだ。

新人の聖女の力がこのくらいだという事は、ユーフィニア姫が如何に突き抜けた才能かという事が良く分かるというものだ。

ユーフィニア姫の護衛騎士を志すアデルとしては、鼻が高い。

そしてアデル自身についても、ユーフィニア姫に比べれば地味だが、かなり強い力を備えているのが客観的に分かった。

たかだか数日の『教育』で正式な聖女に認められそうなのも分かる。

実力的には全く妥当、という評価になるだろう。

クレアが心配ないと言っていたとおりである。

が、聖女の認定を受けるという事は聖女の務めを押し付けられるという事で、決して望ましい事ではないのだが。

だが、この場にエルシエルがいるならば、ユーフィニア姫と一緒にここに来て正解だ。

「では次にどうぞ、ユーフィニア姫様」

大聖女テオドラは、ユーフィニア姫については名前を呼んだ。

のだろう。

ユーフィニア姫の先程の口ぶりでは直接の面識は無さそうだったが、話には聞いていた
「はい」

ユーフィニア姫が緊張気味の顔つきで、聖域を解き放つ。

——莫大な広範囲に。

「「「なっ…………⁉」」」

「「「こ、これは何と雄大な……！」」」

「「「しかも万能属性とは……！」」」

アデル以外のその場の全員が、度肝を抜かれて驚愕していた。

「ゆ、夢を見ているんじゃないだろうな……⁉　こんな聖域があり得るなんて……⁉」

「信じられません——これは他のどの大聖女様よりも……！」

と、唖然と呟いているのは水色がかった銀髪の、若い護衛騎士の二人である。

「大変素晴らしい……！　我が教え子クレアから話には伺っておりましたが、これ程のものとは。長生きはしてみるものです」

大聖女テオドラは驚きながらも、とても嬉しそうな顔をしていた。

表情を窺ってみるとエルシエルすら、目を見開いて唖然としている様子だ。

「フフン……」

アデルは秘かに、にやりとする。

いや、意図的ではなく笑みを抑えきれなかった。鼻高々である。

我が主が、大聖女の度肝さえ抜いて見せる光景。これはいいものだ。

気持ちが良くてたまらない。以前と違い表情も見えるため、また格別である。

自分の事は別に褒められても驚かれても特に何も思わないが、それがユーフィニア姫の事になるとこんなにも嬉しいのは不思議だが、そうであるものは仕方がない。

「では中央聖塔にお触れになって……あなたがこの場にこうしている事を、女神の賜物と感謝致しましょう」

微笑みを浮かべて大聖女テオドラの言葉に頷き、ユーフィニア姫は中央聖塔のすぐ前に進み出る。

一瞬深呼吸をするような仕草。

他の聖女候補達と違い、ユーフィニア姫には中央聖塔は今にも崩れて瘴気を吹き出しそうに見えているのだ。

それは直接瘴気に触れるにも近く、少々腰が引けてしまうのは仕方がない。

だが覚悟を決めてゆっくりと、その白魚のような手で中央聖塔に触れて――

バシュウウウゥゥンッ！

膨大な光が膨れ上がる。

白い光と黒い光、二つが押し合って、そして弾けて消えていく。

その衝撃で、ユーフィニア姫の身が大きく吹き飛んでしまう。

「きゃあああぁぁぁぁっ⁉」

「姫様ッ！」

アデルはすかさずユーフィニア姫の背面に滑り込み、小さな体を受け止めた。

「あ、ありがとうございます、アデル」

「いえ、失礼を致しました……！」

「アデル、あれを……！」

ユーフィニア姫は中央聖塔を指差す。

丁度ユーフィニア姫が触れたあたりの場所にひびが入り、そこから黒い瘴気が吹き出し始めていた。

「な、何てことでしょう……！　中央聖塔が……！」

「「破壊されるなんて……！　一体何故——⁉」」

聖女候補や神官達が、激しく動揺をする。

唖然として中央聖塔のひび割れから、瘴気の吹き出す様を見つめている。

前兆を認識していなかった者達にとっては、まさに青天の霹靂であり、この世の終わりにも思えるのかも知れない。

だが状況は傍観を許さなかった。

吹き出した瘴気が早速、一本角のある人型を象り、魔物が具現化していく。

グオオオオォォォォォォッ！

「魔物が……！」

「あれは食人鬼、オーガか……！」

「皆様！　御覧になられている場合ではありません！」

生まれた魔物に真っ先に向かっていったのは、若い護衛騎士のうちの一人だった。

「うおおおおぉぉぉっ！」

腰に佩いた反りのある細長い剣——刀を抜刀してオーガの首筋に斬りつける。

その刀身はうっすらと水色の輝きをたたえているように見える。

何らかの術具。そして若い護衛騎士の技量も半端ではなかった。

一閃が煌めくとその直後、オーガの首が叩き落されてごろりと転がっていた。

「ほう……！」

さすが大聖女の護衛騎士。いい腕をしている。

「リュート！　あなたはそのまま湧き出る魔物を倒して！　ミュウ！　あなたは聖女の皆さんの身を守って！」

「「はい、お祖母様っ！」」

どうやら、二人は大聖女テオドラと血の繋がった孫のようだ。

少年の方はまた次に生まれた魔物に斬りかかり、少女は聖女候補達の側に寄って、腰に差した刀を足元に突き立てつつ術法の詠唱を行う。

「防護結界術法！　氷の城よ我らを守れ……ッ！」

彼女を中心に氷の神滓の輝く壁が半球状に発生し、聖女候補や神官達を覆う。

「皆様、可能であれば神獣にてお祖母様方の援護をお願い致します……！　さあお二人も、こちらへ……！」

護衛騎士の少女、ミュウはこちらを向いて呼び掛けてくる。

彼女の結界の範囲からはアデルとユーフィニア姫は外れてしまっていたから。

「いや、その必要はない」

それを制したのは、戦の聖女エルシエルだった。

アデルとユーフィニア姫に向かって、一歩、二歩と近づいてくる。

その影の中から光の柱が分かれて立ち上り、中から巨大な四本足の姿が立ち上がる。

それは真っ白な美しい毛並みに、文様のように黒紫の毛色の交じった、虎の姿だ。

エルシエルの四神の一角を成す神獣、白虎だ。


グオォォォォオンッ！


それがアデルとユーフィニア姫に向けて、唸り声を上げる。

「中央聖塔を砕いた大罪は、裁かれるべきだからな……」

「ち、違いますエルシエル様！　わたくしは何も……！」

ユーフィニア姫は強く首を振って否定をする。

「御心配には及びません、姫様！」

アデルは姫を庇って、白虎とエルシエルの前に立つ。

「フフフッ……かかって来るのならばむしろ好都合。お前の姿を見て生かしておくのは、やはり性に合わん……！　正直早く斬りたくてうずうずしていた所だ。また私の前に立とうというならば、何度でも叩き斬ってくれる……！」

「あ、アデル……！　いけません、大聖女様にそんな……！」

「いいえ姫様！　奴は姫様に濡れ衣を着せてお命を狙おうとしているのです。降りかかる火の粉は払わねばなりません……！」

アデルは裾を捲り上げ、太腿に仕込んでおいた火蜥蜴の尾を抜き放つ。そして、即座に青い炎の両刃剣を形成する。

「で、ですが……！」

「フフ……私はあれとは違うぞ」

「ほう……？」

つまり、未開領域で倒したエルシエルとこのエルシエルは別物という事か。

少なくとも今目の前にいるエルシエルは、それをしっかりと認識しているらしい。

一体どうなっているかは分からないが、そういうものなのだという事は分かった。

ならば全てのエルシエルを叩き潰すまで。今はまずこの目の前のエルシエルだ。

「お、お止め下さい……！　そのような場合ではないのでは……!?」

それを言ったのは、術法の結界を展開するミュウである。

「ミュウの言う通りですよ、エルシエル殿……！　それに中央聖塔の状態はあなたもご承知のはず！　どうしてユーフィニア姫様が原因と言い切れます……⁉　そんな事よりも今は何とか聖塔をお支えしましょう……！　手遅れになる前に！　さあ、あなたも手をお貸し下さい！」

大聖女テオドラがエルシエルを窘めるように言い、協力を呼びかける。

その口ぶりでは、中央聖塔の状況については分かっていたようではある。

そしてそれはエルシエルも同じだ、と言っている。

聖塔教団の上層部では、知られた話だったのだろうか。

ならば何故、それは伏せられていたのか。

教団の求心力が下がる事を恐れたためだろうか？

詳しく聞いてはみたいが、今は応じては貰えないだろう。

大聖女テオドラは既に神獣を呼び出し、亀裂が広がって折れそうになっている中央聖塔を支えさせていた。

かなりの巨体を持つ、雪のように白い毛並みに覆われた人型の神獣だ。

ケルベロスや白虎よりも更に巨体であり、如何にも力がありそうである。

また大聖女テオドラ自身も中央聖塔に両手を触れて、溢(あふ)れ出す瘴気を抑えようと力を注いでいるように見える。

「ふ……」

エルシエルは白虎に目線で合図をする。

その視線の先は中央聖塔に。

今は矛(ほこ)を収めて大聖女テオドラを手伝え、という事なのだろうか。

アデルは油断していなかったが、ユーフィニア姫はほっとした表情を浮かべたし、大聖女テオドラ護衛騎士のミュウも同じだった。

が――

グオォォォォンッ！

白虎は中央聖塔に向けて突進(とっしん)すると、鋭(するど)い爪(つめ)を振り上げる。

その極上(ごくじょう)の刃(やいば)のような斬撃の向かう先は、必死に中央聖塔に向き合う大聖女テオドラの背中だった。

「……っ!?」

「「お祖母様っ！」」

護衛騎士の二人の声が響き渡る。

「アデル！　テオドラ様が――っ!?」

ユーフィニア姫も悲鳴のような声を上げる。

「お任せをっ！」

アデルは既に駆け出していた。

身を低く、『錬気収束法』で脚力を強化した全速力で。

それは、巨大な猛獣である白虎の突進を上回る速さだ。

紙一重だが割り込む事に成功。

「させんっ！」

白虎の頭部に真横から飛び込み、勢いを乗せて飛び蹴りを一閃する。


ドガアアァッッ！


白虎の体が大きく吹き飛び、大聖女テオドラから距離が離れる。

「は、速いっ……!?」

「よ、良かった……！　お祖母様が……！」

護衛騎士の二人が胸を撫で下ろしている。

「あ、ありがとう……助かりました」

「主命ゆえ、礼には及びませぬ……！」

「エルシエル殿……！　今回ユーフィニア姫様の認定の儀式への参加を強く推したのは、これが目的だったとでも言うのですか……!?」

大聖女テオドラが、エルシエルを睨みつける。

「死にゆく者に答えても無駄だ」

エルシエルは無表情にそれだけ述べる。

「奴が姫様の儀式への参加を許可したのですか……!?」

アデルは大聖女テオドラに尋ねる。

「ええ……クレアからユーフィニア姫様の才能についてはかねがね伺っておりましたが、幼い子に義務や使命など押し付けるものではありません。子供は子供らしくいるのが一番。ですから私はまだ早いと反対しておりましたが……いえ、こんな事を言っても言い訳に過ぎませんね……」

「いえ！　いずれにせよ姫様に降りかかる火の粉は、護衛騎士たるこの私が払うのみ！

奴は任せて頂きましょう……！」

エルシエルを討つことは、アデルにとっての最優先事項でもある。

ユーフィニア姫の幸せな一生には、必ず果たすべき事だ。

まして今回、エルシエルは偶然ではなく意図的にユーフィニア姫を危険に巻き込むような事を企んでいたようだ。

絶対に許さない。今度こそ斃す。生かしてはおかない。

「その代わり首尾よく行けば、クレア殿に私が正式に姫様の護衛騎士となる事をお認め頂けますよう、お口添えを！」

同時にすかさず恩を売っておく事も忘れない。

大聖女テオドラが言うならば、その教え子であるクレアも逆らえないかも知れない。

「私はここを動けません……！　手を離せば中央聖塔が崩壊しかねない……！　済みませんが、背中を守って下さい！」

こうしている間にも、アデルの蹴りから即座に身を起こした白虎が唸りを上げて、再び飛び掛からんばかりである。

ここをアデルが退けば、たちまち大聖女テオドラは斃されてしまうだろう。

「承知しました……！」

「リュート！　ミュウ！　応援を呼んで、指揮を！」

「「はいっ！」」

二人は頷き、声を張り上げる。

「緊急事態だ！　戦える者は聖塔広場へ……！　中央聖塔が破壊されかけている！　集まれ！　一刻も早くだ……！」

「皆様方、神獣を呼び出して頂き応援をっ！」

ミュウは結界の術法で守っている聖女候補達に呼びかける。

「ケルベロスっ！」

アデルもケルベロスを呼び出そうとする。

自分に代わって大聖女テオドラを守らせてもいいし、少し離れてしまっているユーフィニア姫を任せてもいい。

いずれにせよユーフィニア姫も大聖女テオドラも守らねばならない。

だがアデルの呼びかけに、ケルベロスは応じなかった。

「どうしたケルベロス！　何故、出てこない？」

『わ、我にも分からぬ！　何かに阻まれて出られなかったのだ……！』

頭の中に響くケルベロスの声も、かなり戸惑った様子だった。

「何だと……!?」

同時に、聖女候補達も戸惑いの声を上げていた。

「な、何故か神獣を呼び出せないのです……！」

「聖域を広げる事すら、思うようにいかなくて……！」

「わ、私もそうです……！」

「……!?　皆様そうなのですか……!?」

ミュウも戸惑いの表情を隠さない。

「封鎖聖域ですか……！」

「テオドラ殿、それは……!?」

「他の聖女の召喚術を抑え込む聖域です……！　影響を撥ね除けられなければ、そうなります……！」

そう言う大聖女テオドラは神獣を召喚しているので、影響を撥ね除けていると言える。

流石は大聖女と言った所か。

聖女候補達は影響から逃れられず、アデルも同じだと言う事になるのだろうか。

だが一つ腑に落ちないところもある。

「以前は、こんな影響は受けなかったものを……！」

未開領域でエルシエルと戦った時は、ケルベロスは問題なく召喚できていた。

あの時のエルシエルは、この封鎖聖域なる技術を使っていなかったのだろうか？

それとも、単純にあの時より実力が高くなったと？

あの時のエルシエルとは別物だと、この目の前のエルシエルも言っていた。

と、アデルの頭の中に声が響く。

『ひゃはは……！　あんたの場合は、プリンちゃんにおいらの体の一部を飲み込ませて、召喚術を妨害してるからなあ。この聖域と合わせて一本だな～、ひゃはは……！』

アデルの足元の影から、ウネウネと濁った水の色の拳が姿を覗かせて二本指を立てる。

「……！　ケルピー！　なるほどな……！　あれはこのためか……！」

ウェンディール王宮でアデル達を襲った神獣だ。

つまりあの襲撃は、メルルではなくエルシエルがアデルを狙わせたという事だろう。

神獣は、その命を終える時に神滓結晶を残す。

あの時ケルベロスの炎でケルピーを焼いたが、神滓結晶は残らなかった。

まだ生きているとは薄々推測していたが、ここで姿を見せるとは。

「ちぃっ、姑息な真似を……！」

『おっとぉっ！　暴力はんたーい……！　ひゃはは……！』

攻撃しようとするとすぐに姿を引っ込めて、消えてしまう。

グオォォンッ！


白虎が大きく一つ唸りを上げて、こちらに飛び掛かってくる殺気を漲らせる。

その動きと連携するようにエルシエルはユーフィニア姫に向けて攻撃するための術印を切り始める。

「……っ！」

ケルベロスが召喚できない今、同時にそれに対応する事は難しい。

リュートが呼びかけた応援もまだ到着しない。

マッシュやメルルが来てくれれば、任せられるのだが。

「こちらは大丈夫です、アデル！　テオドラ様を！」

言ってユーフィニア姫は、表情を引き締めその名を呼ぶ。

「ペガさん！」

声に応じて、ペガサスが実体化してユーフィニア姫の前に現れる。

「おお……！」

流石ユーフィニア姫の実力は、エルシエルの封鎖聖域の影響を物ともせず、召喚を成功させていた。

ペガサスは元気に光の柱から飛び出し――

『ぎょえええええええええっ⁉　こここここんな時に俺を呼ぶんじゃやねえぇぇぇぇっ！』

出てきた瞬間から思い切り腰が引け、恐れ慄いていた。

『お、おおおお俺は戦うために生きてるんじゃねえ！　可愛い処女の尻に敷かれるために生きてるんだよおおぉぉぉぉぉぉっ！』

魂の叫び、というやつだろうか。

「「…………」」

こればかりは大聖女テオドラも絶句している様子だ。アデルもだが。

『……やれやれ、情けない神獣だな。代わりに我を呼び出しさえできれば、喜んで戦ってやるものを』

ケルベロスの呆れた声がアデルの頭の中に響く。

全く以てその通りである。全面的に同意する。

「ならばせめて、姫様をお乗せして安全な所に逃げていろ！」

『わ、わわわ分かった！　逃げるぞおぉぉぉぉっ⁉　いいな⁉』

「は、はいペガさん……！」

ペガサスはユーフィニア姫を素早く背に乗せて飛び立つ。

そこに、エルシエルの術法が襲い掛かる。

槍のように鋭く尖った岩塊が、いくつも出現してペガサスに向かって飛んで行く。

『ぎゃわあああぁぁぁぁっ⁉　やめろやめて下さいお願いしますうぅぅっ！　靴でもなんでも舐めますからあああぁぁぁ⁉　いやああああぁぁぁぁぁっ⁉』

やかましい事この上ないが、ペガサスの動きは素早く、小回りの良さも抜群でエルシエルの術法による攻撃を避け切って見せる。

「やるではないか……！」

このまま逃げていてくれれば、それだけで十分だ。

少しだけペガサスの事を見直したかも知れない。

更に、先程からのリュートの呼びかけに応じて、武器を持った大聖堂内の兵達が駆けつけて来る。

「「な、何事だこれは……⁉」」

「「テオドラ様、リュート殿、これは一体……⁉」」

「エルシエル殿がご乱心なされました！　中央聖塔の破損を抑えようとなさるテオドラ様

を、殺害しようと……！　生死は問いません、ともかく迎撃を！」

　応援の戦力も来た。これでさらにユーフィニア姫の安全度も上がる。

　と、エルシエルが兵達に注意を向けた隙を突き、ユーフィニア姫はペガサスに指示して聖女候補達の手前に降りる。

「皆さん、ペガさんに乗って下さい！　それでミユウさんの手が空きますから！」

　ユーフィニア姫が自分でも何かできないかと、必死に考えた結果だ。

　そして、あながち間違っていない。

　護衛騎士の精鋭であるミユウ一人の手が空くのは、戦力的に大きい。

　さすが幼くともユーフィニア姫はユーフィニア姫。聡明なのだ。

「ユーフィニア姫様！　ご助力感謝いたします！」

「流石です姫様！　的確な状況判断と見事なご采配です！」

「ええ……！　わたくしもわたくしができることを……！」

『おい生娘チェックが済んでねぇんだが!?　ちょっと何か臭うんだが!?　変なの交ざってねえだろうな!?　おおおぉぉぉぉぉぉぉぉぉぉいっ!?』

「…………」

　聞こえてきた雑音は無視する事にしておいた。

ともあれ、マッシュやメルル達も間もなく駆けつけてくるだろう。

ならばこちらは、白虎を——

未開領域の戦いでエルシエルを屠ったような、火蜥蜴の尾に『錬気増幅法』の気を貯めて、一撃必殺するような手は使えない。

あれはアデルが動きを止めて、気を貯める間を作らなければならない。

マッシュやメルルやケルベロスに前線を任せられる状況なら良かったが、今はそうではない。ならば別の戦い方が必要となる。


ガアアァァァッ！


白虎はアデルに突進し、横振りに長い爪と右前脚を繰り出す。

アデルはあえて下がらず、前に踏み込む。

白虎の右前脚の付け根側。脚と地面が離れた隙間に潜り込んだ。

アデルの頭のすぐ上を、ビュンと風を切って太い脚が通り過ぎる。

紙一重、だ。

後ろに避ければ、動けない大聖女テオドラを狙われる。

上に飛べば、続く左前脚で着地を狙われる。
これが一番隙が少ない。
続く左前脚の攻撃も、今度は左前脚の付け根側に踏み込んで避ける。
もう一度右前脚の攻撃も、同じ軌道のため避け方は同じだ。
そこで白虎は、一度体勢を整える。
同じ攻撃を続けても、見切られていると判断したのかも知れない。

ガオオオオォォォォンッ！

身を低く、掌を大きく広げて、連続して爪を繰り出してくる。
狙い澄まして攻撃を放つより、とにかく手数を増やして逃げ場を塞ぐという事だ。
確かに爪の一本でも引っ掛ければ、アデルの柔らかな体など一瞬で砕けるだろう。

ガガガガガガガガガガガガガガガガガガガッ！

白虎の爪が、石畳の床に引っ掻き傷を刻む音が響き続ける。

それが止まないという事は、アデルが立ち続けているという事だ。
舞踏のような細かい足捌きを繰り返しつつ、白虎の爪の雨霰をやり過ごしていた。
「す、凄まじい……っ！」
「な、なんて見事な動きなの……!?　これが聖女様だなんて……!?」
瘴気が生む魔物に対応しているリュートやミュウが、呆気に取られていた。
『なかなかの見物だ……！　いいぞ、アデルよ……！』
ケルベロスの声も頭の中に響く。
「目がいいのでな……！」
時を遡る前のアデルは盲目だった。
それでもエルシエルを倒したし、剣聖と呼ばれるほどの力を誇っていた。
戦う事に何の不自由もしていなかった。気配や音で戦う術を身に付けていた。
それが女性の体に変わり、筋力は落ちたが、目が見えるようになった。
この事で決定的に勝るのは、相手の攻撃を見切る技術だ。
今は見えるようになった目を、更に『錬気収束法』で強化している。
足捌きに必要な脚力の強化と、二点強化である。
その代わり、火蜥蜴の尾への『錬気増幅法』は切っている。

気を分散し過ぎると威力(いりょく)が落ちる。

この白虎の凄まじい連撃を真っ向避け続けるには、こうする他ない。

ただ、今のこのアデルの見切りと身のこなしは、時を遡る前を超(こ)えるだろう。

個人戦力の面でも、何もかも弱体化したわけではないという事だ。

「……とはいえ、このままではな」

防戦一方となってしまう。

状況を見て攻撃に転じたい所ではある。

攻撃の瞬間は火蜥蜴の尾(サラマンダーテイル)への『錬気増幅法』が必要になる。

となると、見切りによる回避(かいひ)の能力は落ちる。

慎重(しんちょう)に機会を見計らう必要があるのだが——

このまま何も仕掛(しか)けないのも性に合わない。

（ならば、誘(さそ)い出してみるか……！）

白虎の攻撃を避け続ける、アデルの細かい足捌き。

それが、先程までの激しい連撃で抉(えぐ)り取られた大きな窪(くぼ)みの端(はし)に嵌(はま)り込む。

「……っ⁉」

アデルは姿勢を崩し、片膝(かたひざ)を突(つ)く。

グオオアァッ！


白虎の目がギラリと輝く。

必殺の好機と見たのだ。

手数を重視した浅い連撃ではなく、一撃必殺の大振り（おおぶ）りを叩き下してくる。

これが横振りに来ないのは、アデルの背後の窪みがかなり大きいからだ。

この小柄（こがら）な女性の身体なら、潜り込（こ）んで横振りの攻撃をやり過ごせてしまえそうだ。

白虎にもそれは当然分かっており、だから縦振りに腕を振ってくる。

窪みに潜り込んでも、上から潰すという事だ。

そしてその行動は、アデルの狙い通りである。

「そこだ……！」

軌道の見切りは付いた。アデルは火蜥蜴の尾（サラマンダーテイル）を握（にぎ）った腕をその点に突き出す。

同時に『錬気収束法』を切る。

火蜥蜴の尾（サラマンダーテイル）への『錬気増幅法』に全力を集中。

一瞬（いっしゅん）で形成される青い炎の両刃剣は、激しく燃え上がっている。

片側の切っ先は真上を向き、逆側の刃の先は地面に突(つ)き立っていた。

軌道を予測して、点で対応する完璧(かんぺき)な見切りが出来るなら——

これは地上から突き出した棘(とげ)に、自分から刺(さ)さりに行くようなものだ！

ザシュウウゥゥッ！

振り下ろした白虎の右の掌が、青い炎の刃に深々と突き刺さっていた。

グオオオオォォォォオンッ！

白虎は大きく身を仰(の)け反(ぞ)らせながら、慌(あわ)てて飛び退(の)く。

「「お……お見事っ！」」

リュートとミュウが同時に声を上げる。

「お褒(ほ)め頂き、光栄だ……！」

これが、今のアデルにとって一番正しい戦い方だろう。

相手の攻撃を精密に見切り、力を逆に利用して攻撃に転化する。

白虎の掌に突き刺さった炎の刃は抜けてしまったが、確実に痛手は負わせている。

その証拠に、白虎は火蜥蜴の尾に貫かれた前足を地に着く事ができていない。

アデルが自分の力で直接斬り付けても、これ程の傷は付かなかっただろう。

後の先。力よりも、技。

先の先を取って、有無を言わさず相手を捻じ伏せていた黒い鎧の剣聖とはまるで違う。

だが今の自分の方向性は見えてきた。これはこれで、悪くないだろう。

「さあ、追い打ちをさせて貰うぞ……！」

ここから先は白虎もさらに警戒してくるだろうが、好機は逃さない！

「こちらは、お任せをっ！」

アデルの意図を察してか、ミュウが大聖女テオドラのすぐ背後に就く。

これでアデルが前に出ても大丈夫だ。

「よし、任せた！」

アデルから白虎に踏み込んで行こうとするが、横から殺気。

「アデル！　そちらに……っ！」

『エルシエルが撃ってくるぞ！』

上からユーフィニア姫の声。同時に頭の中にケルベロスの声も響く。

エルシエルがこちら側を標的に、両手で術印を切っている。

彼女に向かって行った兵達は軒並み打ち倒されてしまったようで、周囲に何人も転がっていた。

「ちっ……！　部下であろうと容赦なしか。とんだ大聖女だな！」

返答代わりに、エルシエルの術法が発動する。

先程ユーフィニア姫とペガサスを狙っていた、槍のように鋭く尖った岩塊だ。

だが先程よりも、礫の密度が格段に上だった。

これは両手で一つずつ術法を発動した二重詠唱だからだ。

「だが、当たらん……っ！」

再び脚と目を『錬気収束法』で強化。

見切りと回避を重視して、エルシエルの術法の攻撃をやり過ごす。

アデルはそれでいいのだが――

「くうぅぅ……っ!?」

エルシエルの術法は広範囲に放射され、大聖女テオドラの背を守るミュウも範囲に入っている。

それが、彼女が生み出した結界の術法を激しく打ちつけ、崩壊させようとしていた。

エルシエルとしては、むしろそちらが狙いの本命だったかも知れない。

この中央聖塔を崩壊させることが目的ならば、別にアデルを倒さずとも大聖女テオドラを討てば済む話なのだ。

術法が効果を終えても即座に同じ術印を切り、継ぎ目なく術法を浴びせ続けてくる。

これではミュウも、結界を立て直す暇が無い。

「いかん……っ！」

アデルは岩塊の槍を避けつつ、エルシエルとミュウの射線に割り込むように動く。

単に避けるのではなく、避けつつ任意の方向に進むのは難易度が上がる。

岩塊の槍が、いくつかアデルの儀礼服を引き裂いて血が滲むが、アデルは構わず進んで行く。


バリイイインッ！


硝子を叩き割るような音が響き、ミュウの結界が崩壊する。

「あぁっ……!?」

ミュウの面前に岩塊の槍が迫り――

バシュウウウウゥンッ！

炎に包まれて、爆発したように弾け飛ぶ。

「あ……」

「無事かっ……!?」

ミュウの前にアデルが立ち、その手元には青い炎の壁が出来上がっていた。

それが、エルシエルの術法を防いだのだ。

正体は火蜥蜴の尾の青い炎の両刃剣である。

強化した腕力で高速で旋回させ、盾のようにしているのだ。

無論これをするには、逆に脚力や見切りの目に割く気は無くなってしまうが。

「は、はい……！　も、申し訳ございません！　お怪我までなさって……！」

「気にするな、お互い様だ。それより早く、結界を立て直せ……！」

アデルが笑みを向けながら言うと、ミュウは何故だか少々顔を赤らめ立ち上がる。

「……っ！　しょ、承知致しました！　防護結界術法！」

再び展開される結界の術法。

グオオォォォオッ！

同時に再び攻め寄せてくる気配を見せる白虎。

エルシエルと挟撃を図ろうという事だろう。

アデルは足を止め、エルシエルの術法を食い止める事で手一杯となっている。

ここで白虎に向かえば、ミュウや大聖女テオドラが危険だ。

とは言え、このままでは白虎の攻撃をまともに受ける。

形勢は不利、という事になるだろう。

「アデル様……！　力不足かも知れませんが、ここは私があの白虎を食い止めます！　お祖母様をお願い致します……！」

「いや……」

アデルは首を振る。その必要はないからだ。

「アデルッ！　姫様！」

「こ、これは……!?　だ、大丈夫なの……!?」

マッシュとメルルだ。ここで駆けつけて来てくれたのは助かる。

「マッシュ！　メルル！　詳しい説明は後だ！　その白虎を食い止めてくれ！」

「わ、分かった！」

「やってみる！」

アデルの指示に即応して、二人はこちらと白虎の間へと動きはじめる。

「ミユウ、こちらはエルシエルをやるぞ……！」

「は、はい……！　アデル様！」

二人が加わってくれるならば、形勢逆転だ。

白虎の抑えを任せ、エルシエルを倒す。

やはりエルシエルは、自分の手で討たねば気が済まない。

「そちらは横に回りエルシエルを攻撃してくれ。この術法の手を止めさせた瞬間、私が奴に突っ込み、斬り伏せる！」

「分かりました、では！」

ミユウが結界の術法を解いて、動き出す。

「エルシエル……！　貴様は何度倒しても飽き足らん……！　今度も私の手で仕留めてやるぞ！」

アデルがにやりと笑みを見せた時――

バシュウウウゥゥンッ！

「あああぁぁぁぁぁっ⁉」

大聖女テオドラが声を上げる。

瘴気を吹き出す中央聖塔を押さえる手が弾かれて、尻餅をついてしまっていた。

見ると中央聖塔から吹き出す瘴気は一層激しく、禍々しい色合いに変化すらしていた。

「くっ……！　私の力では、抑え切れないというの……⁉」

大聖女テオドラが悔しそうに歯噛みする。

「ははははははははははは！」

その光景を見て、エルシエルは高らかに哄笑する。

「何が可笑しい⁉」

「時は来た！　さあ来い……！　我が下に！」

エルシエルはアデルの問いには応えず、中央聖塔に手を翳す。

すると意思を持ったかのように、中央聖塔から吹き出す激しい瘴気がエルシエルへと向かっていく。

オオオオオオオオオオオオォォォォォ！

何かの叫び声のような音。

真っ黒い瘴気がエルシエルの掌から吸い込まれていく。

「な、何が起こっているのですか……⁉　お祖母様、アデル様……⁉」

ミュウがその光景に圧倒され、唖然と呟いている。

「分からん……！　こちらが知りたいくらいだ！」

「た、確かな事は言えませんが、瘴気とは魔物に宿るものです……！」

大聖女テオドラが、ミュウの問いにそう応じる。

「では奴は魔物だと……⁉」

「あるいは全てではなくとも、その体の一部が……」

その大聖女テオドラの言葉に、アデルはピンとくる。

体の一部分が魔物に。つまりマッシュや城の衛兵になった配下達のような。

ナヴァラの移動式コロシアムだ。

魔物の一部を体に埋め込む研究。もしかしたら、このためのものではないか。

つまりエルシエルも、マッシュ達と同じような改造を施していたのかも知れない。

だからナヴァラ枢機卿と繋がりを持ち、コロシアムをよく訪れていた、と？

そしてその魔物の部分が、瘴気を吸う事を可能として——


ボンッ！


エルシエルの衣服が背面から破れ飛び、背から大きな翼が生えてくる。

身の丈以上もあるような、巨大な漆黒の翼だ。

肌の色も瘴気に染められてか真っ黒に変化し、瞳の色も血のように赤く。

明らかに禍々しく、そしてその力が膨れ上がっていくのが分かる。

更に——

「きゃあああぁぁぁっ⁉」

頭上から悲鳴。

ユーフィニア姫が上から落ちて来たのだ。

「姫様っ⁉」

アデルはそれをすかさず受け止める。他の聖女候補はミュウに任せた。

「あ、ありがとうございます、アデル。ペガさんが突然消えてしまって……！」

「あちらの封鎖聖域が強まったのですね、私も同じです……！」

大聖女テオドラの召喚していた神獣も消えてしまい、ひび割れた中央聖塔の支えが無くなってしまった。

「い、いけない！　お、お祖母様……！　このままでは中央聖塔が⁉」

「え、ええ……ですが……！　エルシエル殿！　大聖女たるあなたが、魔物に魂を売って人であることを止めようと言うの……⁉　一体何を考えて……⁉」

「人とは何だ？　体か？　精神か？　お前達は同胞に誇れるような精神を以て動いているのか……？」

「エルシエル殿……⁉　あなたは――」

「禅問答はどうでもいい！　人だろうが魔物だろうが、善人だろうが悪党だろうが関係はないな！　貴様は姫様に仇為す賊！　ならば斃すのみだ！」

「フ……単純な娘だ。ならばやってみるがいい」

「言われずともッ！」

アデルはエルシエルに向けて駆け出す。

攻撃に備えつつ、細かく方向転換を挟みつつ肉薄し――

「でぇぇぇぇぇぇぇぇぇいッ！」

ゴオオオオオオオォォォォォオウゥッ！


アデルの繰り出す突きが、膨大に膨れ上がる青い炎の火柱となる。

こちらも黙ってエルシエルが瘴気を吸って姿を変え、大聖女テオドラと問答しているのを見ていたわけではない。

エルシエルが動きを止めた瞬間から気を貯め始めていたのだ。

未開領域での戦いで、エルシエルを倒したのと同じ攻撃だ。

これが今のアデルに可能な、最大の威力である。

それをエルシエルはまともに受けて、傷一つつかなかった。

「何っ……!?」

「か弱き力だ。何も出来ん者共よりはマシかも知れんが、な」

エルシエルがアデルに向けて手を翳す。

何でも無さそうなその仕草が、猛烈な衝撃波を生んだ。

「っ!?」

目の前にいるはずのエルシエルが、急激に遠ざかる。

アデルの体が吹き飛んで行くからだ。

あっという間に景色が滑り、石の床に強烈に体が叩きつけられ、飛び跳ねて――

最終的には中央聖塔に背中からぶつかって止まった。

「ぐあっ……⁉」

「「アデルっ！」」

「アデル様っ⁉」

皆が心配してアデルの元に集まる。

エルシエルの変化と共に白虎も姿を消していて、マッシュとメルルがアデルを助け起こした。

「大丈夫か、アデルっ⁉」

「ああ……！　だが奴め、前とはまるで別物だ……！」

やはり中央聖塔から吸収した瘴気の力と言うのは、強烈なものがあるようだ。

「しかも奴の力のせいで、こちらの戦力は前以下になる、と……まずいな」

マッシュがそう状況を分析する。

「ど、どうする……⁉　聖域がなかったら、あたし達もちゃんと戦えないし……！」

「戦う必要はない」

そう述べたのは、エルシエルだ。

「何……!?」

「お前達の命などいらぬ。中央聖塔から力を得た今、これ以上破壊する必要もない。後はその娘の命を貰っておこう」

そう指を差した相手は、アデルではない。ユーフィニア姫だった。

「……!」

「それ以外の者に用はない。面倒だ、娘を置いて立ち去れ」

「下らないことを言うな！　そんな事などあり得んっ！」

アデルは即座にエルシエルを否定し、ユーフィニア姫の前に立つ。

そんな事をすれば、時を遡る前と同じだ。

主を守れず、後にその仇を討ち、英雄と呼ばれ称賛されてもまるで喜べず、後悔と自責しかなかったあの時と。

二度もあんな思いをするならば、死んだほうがマシだ。

自分の目の黒いうちは、絶対にユーフィニア姫を死なせはしない。

何があっても、絶対にだ。

「ケルベロス！　やはり出られんか……っ!?」

白虎が姿を消したならば、ケルピーの方もと思ったのだが。

『済まぬアデルよ、どうにもならんっ……！　だが奴を倒すのならば、ここは命を繋いで出直すのも決して間違った選択ではないぞ……!?　我が思うに、そなたにはまだ伸び代がある。逃げ延びて腕を磨けば……』

「ふざけた事を言うな！　真っ平御免だ！」

そんな事に何の意味も無い。

エルシエルがユーフィニア姫に害を為すから倒すのであって、エルシエルを倒すために姫を見捨てるなど何の意味も無い。因果が逆だ。

「アデル……」

ユーフィニア姫が、アデルの背後からそっと寄り添うようにして囁く。

「姫様！　何も仰らないで下さい……！」

自分が犠牲になって皆が助かるなら、望む所だ、と。

ユーフィニア姫がここで何を言い出すかなど、アデルには分かっている。

だからアデル達は生きてくれ、と。そう言うに決まっている。

そしてそう言える優しさと芯の強さを持っているからこそ、アデルはユーフィニア姫を主と仰ぎ、忠誠を誓うのである。

「わたくしを犠牲にして逃げ……ろとは言いません」

「……⁉」

　こちらの考えは見透かされていた。

　その上で全く予想外の事を言われた。

「姫様？　では何を仰ろうと……？」

　アデルは振り向いてユーフィニア姫を見る。

　真剣な表情をしているが、瞳の輝きがいつもとは違うような。

　何か雰囲気がいつもと違うように思える。

「せっかちはいけませんよ、アデル？　まだ、刀折れ矢尽きたわけではありません」

「？　しかし私の最大の攻撃は奴に通じず、神獣を外に出す事も出来ません。まだ私に打てる手があると……⁉」

「あなたにとって、あれが限界ではありませんよ？　神獣はあなたの内にあれば十分。外に出す必要などないのです。その方が一つになりやすいでしょう？」

「姫様……？　申し訳ありません。私には姫様の仰られる事が良く分かりません……」

「以前のあなたとは違う、今のあなたにしかできない事……あなたの胸の内にある神獣の存在を、あなたの生命の力で包み込んであげて下さい」
ユーフィニア姫はそっとアデルの手を取って、胸に手を当てさせるように導く。
聖女として盟約した神獣は、影と同化すると表現される。
が、体感としては胸の内に、今までなかった別の何かが息づくような感覚がある。
そこに上から手を触れさせた、という事だ。
生命の力とは、つまり気。気の術法の事を言っているのだ。
——何故そこまでの事が、ユーフィニア姫に分かるのだろう。
以前のあなたとは、男性の体の、黒い鎧の剣聖アデルの事だろう。
今のあなたとは、女性の体になり聖女の力を身に付けた今のアデル。
それを何故、女性のアデルとして出会ったはずのユーフィニア姫が知っている……⁉
「姫様、何故そのような事を……っ⁉」
そこでアデルは気が付いた。
ユーフィニア姫のすぐ傍に、半透明の幻のように揺らぐ人影が。
それはフードを被った少年のようで——アデルには見覚えがあった。
時を遡る前にアデルの前に現れた、あの少年にそっくりだった。
あの少年は、「僕も貴方がその思いを遂げられるように、できるだけ力を貸す」と言っていた。

それが、女性の体になったという事か？

今また、その力の活かし方を教えに来たと？

「え……？　あ、あれ。わたくしは……？」

ユーフィニア姫の瞳が、金色を帯びたものから元の澄み切った空色に戻る。

同時にその傍に立っていた少年も姿を消した。

マッシュやメルルには少年の姿は見えなかったようで、何も不審がってはいない。

「アデル、とにかくここは……！」

「ええやってみましょう……！　何が起こるかは、分かりませんが！」

ユーフィニア姫の言った意味は、アデルには理解する事が出来る。

火蜥蜴の尾などの術具に『錬気増幅法』を使って、性能を引き上げるのと同じだ。

それを自分の胸の内に存在する神獣に対して行うという事。

今まで考えた事も試みた事も無かったが、確かに聖女として神獣を受け入れる事が出来なければそもそも不可能な技術である。

「え、ええと……？　何を？」

ユーフィニア姫はきょとんとしている。先程の記憶は飛んでしまっている様子だ。

「ともかく、お任せ下さい！」

アデルはユーフィニア姫を下がらせ、自分の胸に強く手を当てる。

むにゅりと指が胸の膨らみに埋もれる感触。

その指先に、全力で残った気を流し込む。

「さあ受け取れ、ケルベロスッ！」

『こ、これは……⁉　ウオオオオオオォォォォォォォッ⁉』


ズゴオオオオオオオオォォォォォォッ！

アデルの身を膨大な炎が包み、天を劈く程に高い火柱が立ち上る。


「おお……っ⁉　な、何だ⁉」

「アデル！　大丈夫⁉」

「アデル様っ⁉」

マッシュやメルルやミュウ達は、心配して声を上げた。

「いいえ、大丈夫です……！　アデルもプリンさんも……！」

「ええ……！　神獣の力がとても強く、膨大に膨れ上がって……！」

炎の中でアデルの身は変化していた。

神獣の、ケルベロスの耳がアデルの頭に顕れ、腰の後ろにはふさふさの長い尾も。

着ている服にも変化が訪れ、全身がケルベロスと同じ色合いの革鎧に。

更に首と口元を覆う長いマフラーは、紅蓮の炎がそのまま巻き付いているような様相である。

明らかな変化。いや変身と言ってもいい。

「これが……⁉　これは――――！」

明らかに自分の体の感覚が違う。

大量の瘴気を吸い取って強くなったエルシエルと同様。別物である。

「何だと……⁉　これは……⁉　神獣と融合しているだと……⁉　お前は何者だッ⁉」

エルシエルが先程の衝撃波をアデルに放つ。

「はあぁぁっ！」

バチイイイインッ！

腕の一振りで、先程アデルを容赦なく弾き飛ばした衝撃波が霧散する。

「⁉」

エルシエルが驚き一歩後ずさりする。

『フ……フハハハハハ……ッ！　こんな真似ができるならば、何故最初からやらぬのだ、アデルよ……！　こいつはいいぞ、恐ろしく強力で、何とも心地の良い感覚だ……！』

「すまんな。私も先程知ったばかりなのでな……！」

『神獣憑依法』とでも名付ければいいだろうか。

この技術は、今の女性の体でなければ成り立たないものだ。

聖女として神獣と盟約するには、女性の身体でなければならないから。

時を遡る前のアデルには、思いつきもしない技術である。

「先程何者だと聞いたな、エルシエル……！　私はユーフィニア姫様の護衛騎士。それ以上でもそれ以下でもない」

アデルは一歩一歩ゆっくりと、エルシエルのほうへと踏み込んで行く。

「馬鹿な、これだけの力を持ちながら小娘の飼い犬に甘んじると言うのか……⁉」

エルシエルは近づいてくるアデルに次々と衝撃波を浴びせるが、それらは全て小虫を払うように払い除けられる。

「それで結構！　見た目の通りの飼い犬だ！　ただし、ユーフィニア姫様専用のな！」

アデルは堂々と胸を張る。それこそが自分の望みだ。

忠犬として幸せに生きるユーフィニア姫を見守り続けられるなら、それで満足なのだ。

そのために時を遡って来たのだから。

『我の事を勝手に飼い犬にするなよ、アデル……！』

「文句を言うな、私と一つになっているのだから、似たようなものだ……！」

そう応じつつ、アデルは初めて地を強く蹴りエルシエルに突進する。

何の工夫も捻りも無く、真正面から真っ直ぐに。


ドゴオォォウッ！


ただし、地を蹴っただけで石床が弾け飛ぶ程の超人的な脚力で。

更にそれだけではなく、力を込めると身から噴き出る炎が、アデルの通った石床を焦げ付かせて跡を残している。

エルシエルは両手で衝撃波を放つ迎撃姿勢を取る。

「舐める――なっ……!?」

が、迎撃の衝撃波は放たれない。

放つ前に、アデルがエルシエルの腕を掴んでしまったからだ。

相手から見え見えだろうと何だろうと、反応できない程の速さであれば問題ない。

「遅いッ！」


ドゴオオオォォォォォォォンッ！


アデルの蹴りが一閃。

エルシエルの体を見上げる程の高くまで弾き飛ばした。

「貴様あぁぁぁぁァァァァッ！」

だが流石エルシエルもそのまま墜落するようなことは無い。

空中で背中の翼を大きくはためかせ、体勢を立て直す。

「ふん……！　貴様に浴びせられる罵声には、喜びしか感じんな……！　何度聞いてもいいものだ！」

「死ねええええぇぇぇッ！」

エルシエルが両手で術印を切り始める。

状況的に、繰り出すことのできる最大の一撃が飛んでくるだろう。

ならば、こちらも――――！

「その言葉！　そのまま返してやるぞ！」

アデルは空にいるエルシエルに向けて右の掌を翳す。

ケルベロスと身が一つになった事により、その炎を生み出す能力も、体感的に方法が分かる。

自然と、ごく当たり前のように、アデルの掌の先に炎が生まれて膨れ上がっていく。

それは真っ赤な炎でも、火蜥蜴の尾を『錬気増幅法』で強化した青の炎でもない。

煌々と黒く輝くように、燃え盛っていた。

『おおおおお……！　こ、これは我が一族に伝わる黒き炎……っ！　はははははっ！

これは素晴らしい、素晴らしいぞ！　やはりそなたと盟約したことは僥倖であった！』

「喜ぶのは奴を始末してからにしておけッ！」

『ああ、そうするか……！　やれるのだろう⁉』

「任せておけ！」

先手は、エルシエルだ。

その黒く染まった両手の先から、瘴気を極度に圧縮したような閃光が迸る。

分厚く、濃く、激しい光だ。

まともに触れたら、人の体など一瞬にして消滅させられてしまいそうな。

だが、ならばまともに受けなければいい。それだけだ。

——こちらも撃ち返す！

アデルの掌の先に生まれた黒い炎が、爆発的に膨れ上がる。

拳大から、人の身長の直径に。更に間を置かず、その何倍もの大きさの火球となる。

「行けええぇぇぇいッ！」

アデルの放った黒の大火球と、エルシエルの黒い閃光。

それが空中でぶつかり合って、激しく余波を撒き散らした。


バシュウウウウウウウウゥゥゥウッ！


「あぁぁあっ……!?」

嵐のように撒き散らされる衝撃に、ユーフィニア姫が転倒してしまう。

「姫様っ!?」

「大丈夫だ、アデル！」

「あたし達に任せてっ！」

すぐさまマッシュとメルルがユーフィニア姫を助け起こし、身を盾にする。

「「お祖母様っ！」」

大聖女テオドラの方は、リュートとミュウが支えていた。

「な、なんて凄まじい威力なの……！　あんなものがまともに当たれば、中央聖塔といえども……！」

両脇を二人に支えられながら、大聖女テオドラは唖然と空を見上げている。

その中で少しずつ、火球と閃光の衝突点が地面の側に近づいてきていた。

つまり、エルシエルの閃光の威力のほうが押しているのだ。

「ははははははっ！　口ほどにもない――――ッ！」

エルシエルが勝ち誇るように哄笑する。

「ふん……！　お前の目は節穴のようだな……！」

アデルは言いながら、左手のほうに力を込める。

その掌の先にも、先に放ったのと同じ黒い炎の大火球が現れた。

エルシエルは両手で撃ったが、こちらは片手。

左手は空いているのだ。

「ぬううぅぅっ!?」

「さあ、姫様の前から消え失せるがいい――――ッ！」

ズゴオオオオオオオオオォォォォォォォッ！


追って放たれた黒い火球が、一気に後ろからすべてを押し込んでいく。

二つの大火球が重なって一つになり、エルシエルの眼前に迫る。

「おおおおおぉぉぉぉォォォォ……！」

そしてその体を飲み込んで、焼き尽くしながら空へと消えていった。

「ふん……これで三度目。さすがにもう貴様の顔は見たくないぞ」

アデルは見えなくなったエルシエルに向けて、一言餞の言葉を贈る。

『はっははははは！　我が一族に伝わりし黒き地獄の炎をもってすれば、全ては鎧袖一触よ！　よくやったぞ、アデル！　我もこの炎を操るのは初めてだ！　わはははははは！』

ケルベロスはご満悦の様子だった。

アデルの意志と関係なく、黒い犬の耳が震えて尻尾が揺れる。

「……余りはしゃぐなよ。私達の喜びは敵を撃ち倒すことではない。姫様をお守りする事なのだ」

『ふむ……ご苦労な事だな』

「だが、感謝はしているぞ？　お前の存在のおかげで、今の私は以前の私よりも強くなった。全てにおいてな……」

アデルはぐっと拳を握る。

男性の身体から女性の体になった事を、アデルは間違って解釈していた。

黒い鎧の剣聖アデルに単体の戦力では劣るものの、神獣の存在や聖域による味方の支援で、総合的に上回るべしという事かと思っていたのだ。

だがそうではないのだ。

『神獣憑依法』によって単体の戦力でも上回り、全てにおいて時を遡る前を超える能力を身に付け、ユーフィニア姫を守れ、と。そういう事だったのだ。

あの少年も、『神獣憑依法』に気づかないアデルを見かねたのかも知れない。

だがそれが分かった今、何故女性にという疑問は無くなった。

理由は明白。こちらのほうが全てにおいて上回るからだ。

ならばこれを受け入れて、この先も生きていくしかない。

ユーフィニア姫のためならば、それでいいのだ。

今ようやく、完全に覚悟が決まったような気がする。

「アデル！　よくやってくれました……！　ありがとうございます！」

「いえ、姫様。ご無事で何よりです」

アデルは爽やかな笑みでそう応じた。

ウェンディール王城——

「それでは、我が娘ユーフィニアの護衛騎士の叙勲の儀を執り行う」

王がそう宣言をし、厳かに名を告げる。

「メルル・セディス」

「はいっ！」

「マッシュ・オーグスト」

「はっ！」

メルルに続きマッシュが、ユーフィニア姫の前に進み出て跪く。

そして、一拍置いて——

「アデル・アスタール！」

「ははっ！」

そう凛とした声で応じるアデルの瞳は、キラキラと輝いている。

頭の上の大きな黒い犬の耳はぴくぴくと、同じ色の長いふさふさの尻尾は激しく左右に揺れている。

『神獣憑依法』を使った後、耳と尻尾だけ元に戻らず残ってしまったのだ。

あれから何日か経つが、まだ戻らない。

大聖女テオドラによると、暫く経てば戻るのではという事だったが。

とは言え大聖女である彼女も見た事のない現象であり、推測に過ぎないとも言われた。

まあアデルとしては、ユーフィニア姫も可愛いと喜んでくれるし、気長に待つだけだ。

『……勝手に我の尻尾を振ってくれるなよ、アデル。我には人の世の地位などどうでもいい事なのだぞ』

ケルベロスの呆れたような声が頭の中に響く。

（済まんが、私には重要な事なのだ……！）

流石に口は開かず、胸の内で応じる。

アデルは再びユーフィニア姫の護衛騎士になるため時を遡ったのだ。

そして今度こそ、ユーフィニア姫には何も憂う事なく穏やかで幸福な一生を。

それが願いだ。

その第一歩、護衛騎士の叙勲を受ける事。

それがこうして果たされようとしているのだ。喜ばずにいられるだろうか。

一時は、駐留聖女筆頭のクレアの反対により頓挫しかけた人事だ。

聖塔教団の規範として、聖女は世俗の権力からは距離を置くべきとなっている。

ゆえに国家による叙勲などは受けてはならない。

クレアのように国家の王城に詰めている聖女もいるが、それはウェンディール王国に仕えているのではなく、聖塔教団への依頼により駐留して協力しているだけだ。

ゆえに駐留聖女である。

ウェンディール王が任じるユーフィニア姫の護衛騎士となる事は、世俗の権力を得る事に他ならない。

が、大聖女テオドラの口添えにより、護衛騎士になる許可を得ることが出来たのだ。

流石のクレアといえども、大聖女であり直接の師でもあるテオドラの意見に異を挟む事は無く、今日の日を迎えることが出来た。

アデルとしては満足だ。あの儀式の際に大聖女テオドラを助けて良かった。

聖塔教団内の扱いとしては、ユーフィニア姫と同じ特命聖女という位置づけらしい。

ユーフィニア姫のような王侯貴族の生まれの人間は、家督を継ぐものが他におらず領地や爵位を継がざるを得ない事は往々にしてあり得る。

それに教団の戒律を厳密に適応し、封じるような事は、それこそ世俗への介入だ。

教団の横暴であると見做され、支配者層との決定的な対立をもたらす。

教団側も支配者層もそれは望まず、戒律の例外を設けている。

それが特命聖女。

教団の特別の許可と命を受け、世俗の権力を預かるという位置付けだ。

これにより支配者層側には箔が付き、教団側は支配者層側との関係を強化できる。

基本的にユーフィニア姫のような上級の貴族層の出身者にしか認められない肩書であり、それをアデルのような出身の知れない者に認めるのは例外中の例外との事だ。

それだけアデルの功績は大きい、らしい。

エルシエルが中央聖塔の瘴気を吸収してそれをアデルが倒したため、結果的に中央聖塔の状態も良くなったようだ。

自分の命だけでなく世界をも救ったと大聖女テオドラや教団のお偉い方には感謝され、アデルを乱心したエルシエルの代わりの大聖女にとの声もあったくらいだ。

アデルとしてはそんなものには興味は無く、ただユーフィニア姫の護衛騎士になりたいだけだと主張をしたら、それが認められた形である。

ただしユーフィニア姫ともども、大聖女テオドラの指揮下には入る事になった。

何か不測の事態があれば、教団として行動を要請するという事らしい。

特命聖女としては、それは普通の事のようだ。

何の滞りも無く儀式が行われていたら、こうはならなかっただろう。

アデルとしてはあの場で騒ぎを起こしてくれたエルシエルに少々感謝すらしてしまうかも知れない。

やはり自分はユーフィニア姫の護衛騎士。

それ以上でもそれ以下でもないのだ。

ユーフィニア姫がたおやかに穏やかに、アデル達三人に向けて笑顔を向ける。

「皆さん、これからもよろしくお願いします」

「「「この一命に代えましても！」」」

三人の声が揃い――

激しく左右に揺れるアデルの黒いふさふさの尻尾が、横に並ぶマッシュやメルルの背中をくすぐった。

「く、くすぐったいわね……」

「ははは、それだけ喜んでいるんだな」

「ようし、では宴じゃ！　我が娘ユーフィニアが正式な聖女となり、三人の護衛騎士を迎え入れた良き日を祝おうぞ！」

　国王の号令で始まった宴の最中、アデルは夜風に当たると言って一旦席を外した。

　そして今度は半壊していない、バルコニーに出てみた。

　まさに時を遡る事になった、その場所だ。

　今度はそこには――

　ユーフィニア姫が一人、星空を見上げて佇んでいた。

　その瞳は愁いを帯びて、何かに怯えるようですらあった。

「ユーフィニア姫様……！」

　アデルはすぐにユーフィニア姫に駆け寄った。

「姫様、こんな所にお一人では危険です……！」

「アデル……すみません、わたくしがお願いして一人にして頂いたんです」

「浮かない顔をしていると、祝いの席に水を差してしまうから……でしょうか？」

　ユーフィニア姫はそう言う気遣いをする人だ。

　悩みは迷いは押し殺し、常に穏やかに、優しく周囲に接しようとする。

その事はアデルも良く分かっている。

時を遡る前にナヴァラの移動式コロシアムでユーフィニア姫に初めて出会った時も、凛と振る舞いながらもその手は震えていた。

十歳の今でも、その性格は変わっていないのだ。

「……！　ご、ごめんなさい……」

「何も謝る事など御座いません。ですが、何かお悩みであればお聞かせいただければと思います。護衛騎士として、姫様がそのようなお顔をなさっているのに黙っているのは、無力感を感じてしまいます」

「嫌だ……わたくしはそんな変な顔をしていましたか？」

「いえ！　滅相もない……！　相変わらず可憐かつ知的で天使のようで御座います！」

「あははは……あ、ありがとうございます。ですが、それは言い過ぎのような……」

ユーフィニア姫は苦笑をするが、表情は少しだけ明るくなったような気もする。

「では……聞いて下さい。実はその、少し自信が無いんです……わたくしは本当に聖女として認められて良いものか……」

「は？　姫様ほど相応しい方もおられぬと思いますが……？」

ああ見えて高位の神獣とされるペガサスと盟約し、万能属性の広大な聖域を展開して見せる。聖女としての素質と能力はずば抜けている。

「ですがアデルも見たでしょう？　わたくしが触れると、中央聖塔は崩れてしまった……あれは、わたくしの中の何かがそうさせていたのではないかと……だとすれば、わたくしは、本当は聖女になるべき者ではないかも知れない。そう思えて……」

「なるほど……ですが姫様が原因ではないと、大聖女テオドラ殿も仰っておられたかと思いますが……」

「ですが、大聖女エルシエル様はわたくしに原因があるかのように仰っておられました……あの方は、何かわたくし達には分からないものを見ていたような……それが何かはよく分かりませんが、だからこそ気にかかってしまって……」

　ユーフィニア姫の憂いの表情が、より一層深くなる。

「……申し訳ございません、姫様！」

「え？」

「あの時、私が先に中央聖塔に触れるべきでした。そうすれば私が触れた時に砕けていたでしょう……！　私にも同じものが見えていましたから、その可能性は高いはずです！」

「そ、それではアデルが……！　そういうわけには……」

「ですが、もし私が触れて中央聖塔が砕けていたら、姫様は私をどうなさいましたでしょうか？　護衛騎士にはせず追放なされたでしょうか？」

「いいえ、そんな事は……！　本当にアデルに原因があるかは分かりませんし、気に病まないようにして頂いて、何か問題がないか一緒に良く調べてみて……もし本当に問題があるのであれば、わたくしの力で止められるように……！」

「では、私も同じように致します。姫様」

アデルは自分からユーフィニア姫の手を取って、そう微笑みかける。

「え……？　あ、ああ……！　そうですね、気に病まないようにと自分で言っておいて、これではいけませんね……ふふふっ」

「はい、何があっても私が姫様をお守りいたします。ですから、あまり一人でお悩みになられませんように……」

「はい。気をつけますね、アデル。ありがとうございます」

今握っているユーフィニア姫の手は、初めて会った時のように震えてはいなかった。

「一つだけ言っとくけど、私が姫様をお守りいたしますじゃなくて、私達が、ね。あたしの事忘れないでよ？」

「俺もな、君が俺を誘ったんだからな」

メルルとマッシュも出て来て、そう声をかけてくる。

どうやら様子を窺っていたようだ。

「ああ、そうだな。済まない」

――今度は、あの時よりも上手くやれる。そんな気がした。

あとがき

まずは本書をお手に取って頂き、誠にありがとうございます。

剣聖女アデルのやり直し～過去に戻った最強剣聖、姫を救うために聖女となる～でした。楽しんで頂けましたら幸いです。

英雄王のほうと2シリーズ平行になりますが、シリーズ平行でやるのは久しぶりなのでなかなか大変だなあと実感もしつつ、専業作家になったからには仕事増やさないと食えなくなる！　という危機感も強いので、やらせて頂いています。

言ってもこれでもまだまだ兼業時代よりは睡眠時間多く確保できてますし、全然いける！　とも思ってます。

兼業時代は一日の平均睡眠時間3～4時間で生きてましたので。。

今振り返ると、なかなか無理してたなぁと思います。

でも、社会人になりたての新人時代（まだちゃんと小説書いてない）は月数百時間残業とか週2、3徹夜とか当たり前の超絶ブラック労働をしてたので、兼業時代も「あの頃よ

り マシ」としか思えなかったですね。好きな事でお金貰ってるわけですし。

というか大概の事は何が起こっても「あの頃よりマシ」としか思えないです。

ブラック企業に脳をやられて認知が歪んでるかも知れません、僕。

ちなみにその会社はもうありません（社長が逮捕されて潰れちゃいました。）

ともあれ専業になったから仕事増やしたい、と言ったら「じゃあ新シリーズやる？」と提案して下さった編集様に感謝です。

内容的な事に触れると、今作もＴＳ要素ありの作品になっていますが、別に僕がＴＳもの専門のラノベ作家になったわけではありません。

今作に関してはＷＥＢ投稿を経ずに、編集様と企画を練らせて頂いて立ち上げたものになりますが、うちのやり方だとまず僕がタイトルと数百文字くらいの作品概要を何個か纏めてリストアップさせて頂いて、その企画案リストの中から話し合って使えそうなものを選んで行く、という感じになります。

今回は５、６種類だったか？　のうちの一つですね。

大体いつでも出せる企画案リストは常に用意しておいて、何か思いつくたびに適宜リストに追加したり、古くなったものは削除したりしています。

ＷＥＢでいけそうかな？　というものはそこから引っ張って書いたりもします。

リストと実際世に出せた作品の数を比べると、当然ですが出せてないものの方が圧倒的に多いですね。

最近はリストにロボットものばかり追加されて困っています（いつかロボットもので書籍化したい）。

ともあれ当然、いいのが無ければリストアップからやり直しですが、今回はリストの中にこの剣聖女アデルの雛形があり、これで詳細プロット詰めて行こうか、という事になりました。

雛形というのは僕が出した初期案だと、時を遡ったアデルはユーフィニア姫になっていて、じゃあ姫様はどこに行った？　この体を守りつつ、探さないと！　みたいな話だったんですが、そこはアデルがアデルとしてTSして姫を守りに行こうぜ、という提案をして頂いて、今作のような内容になっています。

今作はかなり編集様に助けて頂いたなあ、と書き終えての感想です。

さて最後に担当編集N様、イラスト担当頂きましたうなぽっぽ様、並びに関係各位の皆さま、多大なるご尽力をありがとうございました。

口絵2のステンドグラス調の集合絵、すごい綺麗で大好きです。美しい！

それでは、この辺でお別れさせて頂きます。

次巻予告
戦の大聖女エルシエルによる脅威を
神獣ケルベロスとの融合により
退けることに成功した剣聖女アデル。

剣聖女アデルのやり直し 1

～過去に戻った最強剣聖、姫を救うために聖女となる～

2023年3月1日　初版発行

著者――ハヤケン

発行者―松下大介
発行所―株式会社ホビージャパン

〒151-0053
東京都渋谷区代々木2-15-8
電話　03(5304)7604（編集）
　　　03(5304)9112（営業）

印刷所――大日本印刷株式会社

装丁――内藤信吾（BELL'S GRAPHICS）／株式会社エストール

ISBN978-4-7986-3095-3　C0193

ファンレター、作品のご感想
お待ちしております

〒151－0053　東京都渋谷区代々木2－15－8
(株)ホビージャパン HJ文庫編集部 気付
ハヤケン 先生／うなぽっぽ 先生